# 薬師寺ロミの推理処方せん

平野俊彦
Toshihiko Hirano

講談社

# 薬師寺ロミの推理処方せん

## 主な登場人物

薬《やく》師《し》寺《じ》路《ろ》美《み》　成都調剤薬局薬剤師

神《かみ》谷《や》則《のり》夫《お》　成都調剤薬局店長、同薬局長

美《み》原《はら》康《やす》男《お》　成都調剤薬局薬剤師

湯《ゆ》川《かわ》英《ひで》哉《や》　同

安《あん》藤《どう》尚《なお》子《こ》　成都調剤薬局パート薬剤師

久《く》須《す》美《み》悠《ゆう》斗《と》　城央医科大学病院薬剤師

古《こ》村《むら》　城都薬科大学五年実習生

山《やま》里《さと》　同

CONTENTS

装幀　ニマユマ
装画　中島花野

## 処方 No.1

# 肺の腫瘍《しゅよう》が消えた！

# 1

「あなたの説明でとてもよく分かったわ。でもね、私本当にこんなにたくさんのお薬が必要なのかしら。内科の先生にはこんなこと言えないけど……」

「中沢《なかざわ》さんのご病気は一つじゃありません。それに例えばこちらのお薬は、別のこちらのお薬の副作用を予防するために出ているんですよ。どれも中沢さんにとってはとても大事ですから、全部しっかり飲んでくださいね。

　それでも、もし何かお身体の具合が良くないと思った時は、どうぞまた薬局を訪ねてください」

「分かりました。ご親切にありがとうね」

　老婦人の患者は、ようやく納得したような顔をして服薬説明の窓口カウンターのイスからよろよろと腰を上げた。こちらも席から立ち上がると、満面の笑みで患者を見送る。

　新型コロナウイルス感染症は五類に引き下げられ、感染対策は個人に委《ゆだ》ねられることになったが、薬局の薬剤師は念のため皆マスクを着用している。また患者もほとんどがまだマスクを付けているため、患者の表情はいまひとつ分かりにくい。

　薬剤師はマスクをしていても笑顔が分かるように大袈裟《おおげさ》に微笑《ほほえ》む。それが店長からの指示だ。

「どうぞお大事に」

　その日、城央《じょうおう》医科大学附属病院のいわゆる門前薬局である成都《せいと》調剤薬局の窓口カウンターにて、薬剤師の薬師寺路美《やくしじろみ》は朝から来局患者の服薬指導業務に就いていた。

成都調剤薬局は、総面積約三百平米の中規模薬局で、主に東京南西部の医療の中核をなす城央医科大学附属病院からの処方せんを受け付けている。

現在四人の正職員薬剤師と四人のパート薬剤師が働いており、薬学部から実務実習生も受け入れている。

薬を渡すカウンターの奥には、通常の調剤室の他、無菌調剤室、会議室と講義室を兼ねた休憩室、ロッカー室、薬局長室などが設けられていた。

待合室の床、壁、天井はクリーム色の明るい基調に統一され、フロアには座り心地の良《い》いクッションのソファーが並べられている。薬を渡すカウンターは患者が着く席の左右に人の背丈《せたけ》ほどの仕切りがあるため、声が隣のカウンターには聞こえずプライバシーが保《たも》たれている。

待合室の二方面の壁には大きなガラス窓がはまり、外からは春のうららかな陽光が差し込んでいた。

薬局の中からは、窓を透かして街路樹の若葉と晴れ渡った青空が見える。玄関入り口のすぐ横には、人の背丈より大きいパキラの鉢植えが置かれ、室内に緑の潤《うるお》いを与えていた。

突然、静かな薬局の待合室から、

「ガタン」

という大きな音がした。待合室の患者らが、何事かと一斉にそちらに目を向けた。

杖《つえ》を突いていた高齢の男性客が、ソファーの背を抱きかかえるようにしてそこへもたれかかっていた。幸い男性は転倒を免《まぬが》れたが、驚いてしばし動けぬ様子だ。

薬師寺路美はカウンターの中から待合室に走り出て、すぐさまその高齢男性の下に寄り添った。

「お怪我《けが》はなかったですか」

腕を支えながら訊《たず》ねると、男性のこわばっていた顔が笑みに変わった。

「ありがとう。ちょっと足がもつれちまって……。でももう大丈夫だから」

路美は、成都調剤薬局で働き始めてから二年目の、まだ駆け出しの薬剤師だ。

薬学部六年制をストレートで卒業した年の春が二十四歳だったので、今では二十五歳になる。

大学時代には、周りにたくさんの騒がしい仲間がいて、その中でもより近しい友達や先輩から「ロミ」の愛称で呼ばれていた。彼女をよく知る人たちは、今でも彼女のことをそう呼ぶ。

童顔で大きな瞳《ひとみ》が印象的だ。ショートカットで少し茶髪だが、それは天然で、染めているわけではない。身長も百六十センチメートルと、当世の女性としてはさほど高くはないので、よく薬学部実習生と間違えられる。

いつぞやは、話し好きそうな中年の女性に服薬説明していた時、

「あなた実習生なのに感心ね。説明が薬剤師さんのように分かりやすかったわ」

と言われた。その時は半分嬉《うれ》しかったが、

「ありがとうございます。でも私、去年からこの薬局で薬剤師として働かせていただいています。何かお分かりにならないことがあったら、どうぞ何でもお訊ねください」

と説明した。それからというもの、その女性は来店のたびに笑顔で話しかけてくる。

転びそうになったさっきの高齢男性をソファーに座らせると、待たせていることに対して、

「申し訳ありませんが、もう少々お待ちください」

と気遣《きづか》う。そうして男性が落ち着くと、間を置かずに自分の定位置の窓口カウンターに戻り、服薬説明業務を再開する。

ロミの実家は横浜にあって、二代続く薬局である。祖父と両親が薬剤師で、祖父はすでに亡くなっているが、薬局は今両親が切り盛りしている。一人っ子なので、いずれ家の薬局を継ぐことになると自分では思っているが、

「薬局に嫁《とつ》いで行こうが、嫁ぎ先で薬局を始めようが、あなたの好きにしなさい」

と母は言う。

両親は元気で、家に戻るにしてもそれはまだまだ先のことになるだろう。嫁ぐなんて、考えたこともない。その前に薬剤師として成し遂げたいことがたくさんあった。

ロミは自分自身を、元気が良く人見知りせず、人と話をするのが好きな薬剤師だと思っている。事実入局試験の際にも、面談で薬局長に、

「あなたの長所は何ですか」

と訊《き》かれた時、はきはきと答えたことを今でも胸の内に宿している。

「元気が良く人見知りせず、人と話をするのが好きなところです」

薬局長がさらに、

「では短所は?」

と訊いてきたのに対し、数秒考えてから、

「少しおせっかいで、ちょっぴり短気なところでしょうか」

と返した。

「おせっかいなところは、患者さんの病気を親身になって考えてあげられる長所に生かせると思います。ちょっぴり短気なところは、問題にすぐ取り組む薬剤師として長所に変えて行きたいです」

続けてそう付け加え、即採用になった。

実はその時、薬局では人手が足りなくて薬剤師免許さえ持っていれば猫の手も借りたいくらいだったと、あとで薬局長兼店長の神谷《かみや》則夫《のりお》から聞いた。

「次の方、お待たせしました」

その日のロミの担当は、服薬説明の三番窓口カウンターだ。

受付カウンター正面上の壁に取り付けてあるモニターが、待っている患者の番号と窓口カウンター番号を表示している。

表示画面が動くと、さっきの中沢という老婦人の患者に替わって、すぐに次の患者がロミの控《ひか》える窓口カウンターにやってくる。

その患者に処方された薬剤の入った薬袋を、相手が見やすい方向に持って示してから、窓口カウンターテーブルの上に置く。続いて、中に入っているすべての薬を患者の目の前のテーブルの上にていねいに広げ、そのひとつひとつを説明して行く。

ロミは、次の患者に薬の説明を始めながら、ちらちらと左右の窓口カウンターの様子を見やった。

「二番窓口カウンターも四番窓口カウンターも、説明が長いなぁ……湯川《ゆかわ》君もおばちゃんも、少し雑談が多過ぎるのでは」

　ちょっとだけ気が短い性格が、たまにこうして頭をもたげる。

隣を見て眉《まゆ》をひそめつつ、そんな時は気分のむらを患者に悟られないよう、深呼吸して空気をひとつごくんと飲み込む。そうして落ち着いたところで、また正面の患者に笑顔で向き直る。

　待合フロアには、薬を手渡されるのを待つ患者が一人また一人と増えてきていた。

「今朝の流れの悪さには、患者さんからクレームがつくかもしれないなぁ。後でスタッフミーティングの時に問題提起しよう……」

　改善すべき課題としてそれを記憶にとどめながら、気持ちを目の前の患者の応対に集中させる。

「患者さんはみなイライラしているだろうから、こちらは冷静にならなきゃ」

　隣の二番窓口に就く湯川英哉《ひでや》は、入局一年目の新人薬剤師だ。でも年齢はもう二十六歳になっている。卒業後すぐに就職しなかったのは、薬剤師国家試験に落ちたからだ。しかも二度。二年間薬剤師国家試験予備校に通い、三回目の挑戦でようやく合格して薬剤師の免許を取得したという経歴の持ち主なのだ。

　ひょろ長い体型で髪はロン毛に近く、

「もっと短くしなさい」

とパートのおばちゃんの安藤《あんどう》によく言われている。

　お調子者の湯川はしっかりした意見を持たないため、人が言ったことにすぐ迎合する。気が弱いせいもある。でもおばちゃんの言うことにはあまり耳を貸さない。

湯川は誰にでも愛想がいいので、お年寄りの客に人気だ。そのせいで一人一人を相手にする時間が長くなって、客をスムーズにさばけない。

一方四番窓口に就くおばちゃんとは、本名を安藤尚子《なおこ》というパートの薬剤師だ。

年齢五十二歳。小太りの体形で、口うるさいが、性格は異常に明るい。特技は世間話。

普段は付き合っていて楽しいのだが、疲れている時やひどくへこんだ時などは、近くに寄りたくない存在だ。

「大したことないわよ」

とか、

「そんなことでくよくよしててどうすんの」

という、相手の背中をたたきながら飛び出すコメントが、全く慰めにはなっていないからだ。

おばちゃんの家族は夫と一男一女だ。稼ぎの良くない亭主にだけインカムを任せておけないと、生活費を稼ぐために時給の良い調剤薬局薬剤師を続けている。いわば割り切った考えの薬剤師だ。

おばちゃんは大らかな性格の持ち主だが、店内のことを何でも知っていて小回りが利く。その分、あっちこっちで油を売る時間が長い。

薬局の他のメンバーはといえば、店長の神谷は持ち株の株価が気になるのか、来客が空く時間を狙《ねら》っては薬局長室に引きこもる。

優男でナルシストの美原《みはら》は、今年二十六歳になる独身だ。時おり女性言葉を操り、自分のことを「あたし」と呼ぶ。

ワックスで髪の毛を自称カッコよく固めているのだが、その立ち具合をチェックするために、患者を待たせることなど全然気にしない。姿が見えないなと思っていると、調剤の手を止めてそっと姿見の前に佇《たたず》んでいる。

姿見が薬局においてあるのは、

「患者と対面する立場上、薬剤師は全身の身だしなみが大事」

という薬局長の神谷の「信念」によるものだ。だがそれが行き過ぎると美原のようになる。

その他にも、薬局が超多忙の時間帯にだけ助《すけ》っ人《と》に来る三人のパートの薬剤師がいるのだが、それでもまだ人が足りないと従業員は皆思っている。

## 2

お昼近くになると、待合室はだんだんと混雑してくるので、薬局は流行《はや》っているようにも見える。だが実際は、来局者の渋滞が起きて混雑しているのだ。

他のメンバーが服薬説明に必要以上に時間を取られるのは、やっぱり気になる。でもいろいろと患者に相談されると、どうしても長くなるのはしょうがないなと思いながら、ロミは辛抱強く接客を続けていた。

すると丁度お昼ごろ、ロミの三番窓口カウンターに一人の初老の婦人がやってきて、対面の席に着いた。

患者が交代するたびに、応対の薬剤師は立ち上がって新しい患者を迎える。ロミもそうしていた。

「薬剤師の薬師寺と申します。斎藤《さいとう》さんにお薬を有効かつ安全に飲んでいただくためにこれからお薬の説明をさせていただきます」

初めにそう断ってから、患者の着席を待って自分も着座する。

学生のころ、大学の実務実習で習ったあいさつの仕方をそのまま踏襲するのもどうか、とちょっぴり思う。

だが、来局する患者に対する服薬説明の初めのあいさつとして、このイントロダクションが結局一番いい。急いでいて薬剤師の説明を聞くのが面倒くさそうな患者も、最初にそう言われると静かに耳を傾けてくれる。

こうしてロミは、学生ばりの自分の服薬説明スタイルを確立し、それで二年間やってきた。

「斎藤千穂子《ちほこ》さんですね」

まずは姓名共に、しっかり確認する。

「はい」

「今日も前回同様、ダコミチニブというお薬が出ています」

「はい」

患者から渡された処方せんを手にすると、患者氏名と生年月日を見て再度本人確認をする。これは基本だ。その右側に記されている保険医療機関と処方医の名前、印を検め、処方薬の説明に入る。

全国レベルでは、すでに電子処方せんを導入した薬局もあるが、ここ成都調剤薬局では来年の夏ごろに導入予定で現在準備を進めているところであった。したがって、成都調剤薬局では現在、電子処方せんではなく患者が持参した紙の処方せんに従って調剤業務を行っていた。

　電子処方せんは、処方せんを発行する医療機関とそれを受け入れる側の薬局間で提携し、患者が紙の処方せんを持参しなくとも、電子システムによって処方せんが送られる仕組みである。

　この場合、処方せんの情報は複数の医療機関や薬局で共有できるので、同じ患者に他機関から同じ薬剤を重複して出したり、飲み合わせの悪い薬剤を出してしまうようなミスを避けることができる。

　今ロミが受け取った処方せんの情報から、目の前に現れた患者の斎藤千穂子が六十三歳で、現在非小細胞肺がんという悪性腫瘍《あくせいしゅよう》を患っていることが推察された。処方せんに患者の病名は記述されていないが、薬剤師であれば処方された一連の薬物から病名を推理できるのだ。

　斎藤は小柄《こがら》で痩《や》せていて、顔つきは整っているものの目じりや額のしわが目立ち、髪も染めずに半分白くなったままだ。ロミの服薬説明にも集中力を欠いている様子で、なぜかその目は虚《うつ》ろにどこかを彷徨《さまよ》っていた。

　一通りの説明を終えて、改めて患者に向き直ったロミは、

「おやっ?」

と思った。彼女の瞳が輝いているのだ。さっきまでどこか上の空の眼《め》をしていたのに、はて……

「この患者さん、何かいいことでもあったのかな」

心中呟《つぶや》きながら、お決まりの言葉で服薬説明を締めくくった。

「分からないこととか、お訊ねになりたいことなどはありませんか」

するとロミの視線に真っ向から視線を返しながら、斎藤は唐突に言った。

「薬剤師さん。信じられないことが起こりました」

「えっ……?」

「肺にあった腫瘍の影が消えたんですよ」

「腫瘍の影が消えた……?」

事情が呑《の》み込《こ》めず次の言葉を待っていると、斎藤は続けて早口で説明を加えた。

「そうなんです。今日、大学病院の先生から検査の結果を聞いてびっくりしました。肺の腫瘍が無くなっていたんです」

斎藤は独《ひと》り勝手に喜びながら、自らもそのことを不思議がる。

大学病院とは、ロミの薬局から五十メートルとは離れていない城央医科大学病院のことで、当該病院には毎日千人近い外来患者が診療に訪れる。その約二割の患者が、ロミの薬局に処方せんを持ってきていた。

さらに事情を詳しく訊いてみると、先月右下肺野にあった腫瘍の影が、今日の外来でX線検査を行ったところ見当たらなくなった、というのだ。

斎藤千穂子は先月、城央医科大学病院の呼吸器内科にて検査の結果手術不能の肺がんと診断され、ここ一ヵ月余りは外来でダコミチニブという分子《ぶんし》標的薬《ひょうてきやく》のみの内服治療を受けていた。喫煙経験はない。

これまで彼女の薬剤を調剤したのがロミであった。

「それはよかったですねぇ。おめでとうございます……」

嬉しがる斎藤千穂子に共感しながらも、

「本当だろうか……」

といくばくかの疑問が胸の中に湧《わ》いた。

手術不能の肺がんが一ヵ月の薬物療法で消えたという奇跡的な出来事が、ちょっと信じられない。

「でも、まだ今日の処方では同じダコミチニブというお薬が出ていますから、このお薬はしっかり飲んでくださいね」

ロミは笑顔で言った。

「分かっています、薬剤師さん。私の腫瘍が消えたのもこのお薬のお陰《かげ》ですよね。ありがとうございます」

斎藤は薬を手にすると、ひとりはしゃぐようにして、いそいそと三番窓口カウンターを後にした。

誰もいなくなったカウンターの奥に立って、ロミは斎藤千穂子の処方せんを、首を傾《かし》げながらもう一度じっと見直した。

## 3

ところが斎藤千穂子が帰ってから間もなく、斎藤と同じくらいの年格好の患者が来局し、やはり三番窓口カウンターのロミのところにやってきた。

「お名前は？」

確認を取ろうと、彼女の持ってきた処方せんを見たロミは、

「あれっ？」

と思った。

「齋藤《さいとう》智代子《ちよこ》です」

その患者はそう名乗った。処方せんの患者名ともちゃんと合っている。

そして彼女は、ロミにとって初めての患者であった。

「似ているお名前があるものだなぁ」

その時はその程度にしか考えず、処方薬の説明に入ろうとした。

だが、自己紹介をしていつものイントロダクションを述べた後、齋藤の顔に視線を集中させると、どうも様子が変だ。前の患者の斎藤千穂子とはまるで違って、がっくりと落ち込んでいる様子なのだ。

視線は床の方に向いており、眉根《まゆね》にはしわを寄せ、口はしっかりとじたままだ。

「一体この人に何があったのだろう……」

ロミは訝《いぶか》る。

今目の前にいる齋藤智代子が持参した処方せんの内容は解熱鎮痛薬で、とりあえず現在の微熱やのどの痛みを抑えるためのものであった。こんな時に投げかける質問はこれだ。

「今日はどうされましたか？」

だがその問いかけにも、大きなため息を一つついたきり齋藤智代子は顔を上げない。そんな場合は決してせいてはいけない……。

隣の二番窓口カウンターからは、相変わらず、

「そうですね〜う〜ん……大変ですよね〜」

といった、共感なのかいい加減なのかわからない、お調子者の湯川が患者対応する声が聞こえてくる。

一方、反対側の四番窓口カウンターでは、おばちゃんが口角泡《あわ》を飛ばすがごとく薬の説明を延々と続けている。

「話しづらいことだったら、お話しされなくてもいいですよ」

言ってからもう一度目の前の患者をよく見た。

だがロミの言葉が、逆に患者の背中を押す形となったようだ。齋藤はゆっくりと面を上げると、小さな声で語り出した。

「……薬剤師さん、聞いてくれますか。私ね、今日城央医科大学病院の呼吸器内科の外来に行ったんです。ちょっと呼吸が苦しかったものですからね……。

そうしたら、Ｘ線検査に回されたんです。そこで胸のＸ線を取って、その後で先生の話を聞いたんですよ。肺に影があるって、先生言ってました……。

もう私頭の中が真っ白になってしまって……。その後も何を言われたのか覚えていないほどなんです。がんだったらどうしましょう。私まだ高校生の娘がいて、すぐには死ねません……」

齋藤は口にハンカチを当てて涙ぐんだ。

「何て声を掛けてあげたらいいのだろう。こんな時はまず、自分が落ち着かなくてはいけない」

　ロミは心の中で呟く。

「X線陰影だけでは、まだがんと決まったわけではありませんよ」

　ただの慰めにしかならないかもしれない言葉が、口を突いて出たが、告げたことは間違ってはいない。すると齋藤はおもむろに顔を上げ、こちらを睨《にら》むようにして言った。

「明後日《あさって》、精密検査を受けることになりました。そこで本当に肺がんだということが分かったら、私……」

　今度は声を上げて泣き崩れた。

　ロミはおろおろしながらも、カウンターテーブルの上にあった齋藤の左手の甲の上に、そっと自分の手を置いてあげた。齋藤ははっとして顔を上げる。

「ご心配なのはよく分かりますが、精密検査の結果を見てから今後のことを考えましょう。万が一結果が肺がんであったとしても、今は良いお薬がたくさんあります。その時は私もご相談に乗りますよ」

　親身になってのアドバイスに、齋藤はようやく落ち着いたようだった。

　そうしてこの患者にだいぶ時間を取られたが、最後には感謝されて手を握られ、何とか帰ってもらった。


　齋藤智代子を薬局から送り出した後、ロミはしばし思考に耽《ふけ》った。

　斎藤千穂子と齋藤智代子……。

二人の患者の名前が脳裏をよぎる。そして両者の酷似に改めて気付いた時、ある恐ろしい考えに行き着いた。

病院側が患者を取り違えたのではないか……！

両名が診察を受けたのは今日の午前中で、しかも受診したのは同じ城央医科大学の呼吸器内科だったのだ。

事実両名は、名前ばかりでなく背格好もよく似ていた。またどちらも高齢であり、医療側も患者側も間違える要素が揃《そろ》ってしまったのではないか。

さらに深読みする。

これは一つの可能性だが、待合室で診療を待つ間に、斎藤千穂子は手洗いに立った。その間に「斎藤千穂子さん」と呼び出しがあり、そこで同じ待合室にいた齋藤智代子は自分が呼ばれたものと勘違いして診察室に入ってしまった、というのがロミの推理である。

さらに、診察室に入ってきた「齋藤智代子」を見た医師は、彼女を「斎藤千穂子」だと思って検査結果やカルテなども斎藤千穂子のものを使って診断した。

一方この医師は、その後に斎藤千穂子も診たが、その時の検査データとカルテは齋藤智代子のものであった……。

ややこしいが、要するに患者取り違えだ。

これは、医療上絶対に犯してはいけないミスだ。

大学病院では、一日の外来患者数が千人にも達することがある。呼び出しに手違いがあったり、あるいはよく似た患者名を言い間違えたり逆に患者が聞き間違えたりすることもあり得よう。

医師も患者の顔をすっかり覚えているかどうか、怪しいものだ。ましてや、患者がマスクをしていたらなおさらである。

やっぱり取り違えかも……

## 4

「待て待て……」

独《ひと》り言《ごと》を漏らしながら、ロミはなおも思考に耽った。

これまでの流れから行ったら、先に窓口カウンターに来た斎藤千穂子は肺がんで、後に来た齋藤智代子はがんではない。

ややこしいので、最初の斎藤千穂子さんをＡさん（肺がん）、後から来た齋藤智代子さんをＢさん（がんでない）として、よく考えてみよう。

疑われるのはこういうことだ。

つまり、病院の待合室でＡさんが呼び出された時、Ａさんは待合室にいなかったため、Ｂさんが自分が呼ばれたものと勘違いして診察室に入った。

Ａさんは肺がんがあったので、その胸部Ｘ線像には肺がんの陰影が写っていた。医師からそれを見せられたＢさんは、突然自分が肺がんなのではないかと疑った。

Ａさんは、Ｂさんの診療が終わってから待合室に戻ってきた。一方のＢさんは、すでに会計の方に回っていて待合室にはいなかった。

そこで受付ではBさんの名前を呼んだが、それを自分が呼ばれたものと勘違いしたAさんが、待合室から診察室に入った。医師はBさんの胸部X線写真を見て、

「肺に影はありませんよ」

と告げる。喜んだAさんは、その後の医師の言葉などほとんど上の空で診療を終え、成都調剤薬局に駆け込んだ……。

問題は、二人の胸部X線写真がいつ撮られたかである。

診療の流れとしては、外来患者はまず医師の診察を受け、そこで必要であればX線等《など》の検査に回される。検査が終わるとそのデータはすぐに医師の下に渡される。患者は再び同じ医師の診察を受け、医師は検査結果をもとに診断して処方せんを発行する。

ロミははたと考えた。

AさんとBさんの取り違えが起こったとしたら、それは診察時の名前の呼び出しの時以外にも、いくつかあり得るのではないか？

そこで、もう一度すべての可能性を考えてみる。

すると頭の中に、患者取り違えが起こり得る三通りの場面が浮かび上がった。

一つは、AさんまたはBさんがその日初めて診察室に入って行った時、

二つ目は、その時の医師の指示に従ってX線検査を受けた時、

そして三つ目はX線検査を終え、再び診察室に戻って最終的に医師の診断を聞いた時、

の三つである。

まず第一の可能性は、二人の患者がその日初めて診察を受けた時で、既述したように患者が待合室で名前を聞き違えたために起こった患者取り違えである。

この場合、医師はＡさんをＢさんと取り違えるわけだが、続いて二人の患者にそれぞれＸ線検査が行われ、その検査結果が同じ医師に渡される。つまりＡさんにはＡさんの、ＢさんにはＢさんのＸ線検査結果が付いて回る。だから、Ｘ線検査の際にそこでもう一度つまり合計二度の患者取り違えが起こらない限りは、二人の患者とその各々のＸ線検査結果が切り離されることはない。

結論として、この場合はたとえ一度患者を取り違えていたとしても、Ｘ線検査時の再度の患者取り違えがない限り、結果の間違えは起こらない。

次に第二の可能性だが、それはＸ線検査室でＡさんとＢさんが待機している時に、前述の様な名前の聞き違えによる患者取り違えが起きたとする場合である。

検査を待っている間にＡさんが手洗いに立って席を外し、続いて似たような名前を呼ばれたＢさんがＡさんと間違えてＸ線検査を受ける。その後Ａさんが戻ってきて、間もなく似たような名前を呼ばれたＡさんがＢさんの代わりに検査を受ける。

さらにそのあとの、医師による二回目の診察の時にはこのような患者取り違えは起こらず、結果として医師はＡさんに対してＢさんの結果を告げ、逆にＢさんに対してはＡさんの結果を伝えてしまった、という可能性だ。つまりこの場合は結果の間違えが起こり得る。

最後に第三の可能性だが、この場合Ｘ線検査終了までは何の取り違えもない。だが検査が終わり二度目の診察を受ける時点で、前述の様な名前の聞き違えによる患者取り違えが起きた場合だ。

　この場合も、二人のＸ線検査結果が二人の患者間で取り違えられてしまうため、今回の様な間違えが起こり得る……。

「ああ、ややっこしい」

　ロミは目をつむり、頭を激しく振って気を取り直す。

「とにかく、斎藤千穂子さんと齋藤智代子さんを取り違えてしまった可能性が、最低二通りはある」

　事の大きさをにわかに察したロミは、ともかくも薬局長に相談して指示を仰ごうと思った。

　薬局長兼店長の神谷は、昼前の混雑する時間帯だけ調剤室に出て、他の薬局員の手伝いをしたり患者対応をしたりしている。だが患者が捌《は》けてくると、またすぐに薬局長室に引っ込んでしまう。

　神谷則夫は年齢四十歳で、妻と息子二人の四人暮らしである。薬局ではいつも、

「患者さん、お客さんが第一です」

と、部下の薬局員たちに声をかけている。だがそれは建て前で、本音は処方せん枚数の入手状況や店の売り上げが第一なのだ。それが自分自身の給与にも影響してくるからだ。

　そのことをロミも分かっているが、薬局長に対し面と向かってそれを言ったことは無い。何せ神谷は同じ大学の先輩に当たるのだ。

　神谷は株をやっているので、勤務中もその動向をしょっちゅう気にしている。儲《もう》けた日は機嫌がよく、下がった日はその逆だ。分かりやすいと言えば分かりやすい。

だがそんな神谷でも、一応は薬局長だから、患者の治療に係る重大事が生じた場合、まずは彼に相談することが肝要だ。

午前中の患者対応を終えたロミは、薬局長室のドアの前に立ってドアをノックしようとした。すると、中から、

「ちぇっ」

とか、

「あ〜あ、さっき売っとけばよかった……」

といった、ため息のようなうめき声が聞こえてくる。

「また株をやってる」

心の中で呟いてから、咳払《せきばら》いをして二つノックする。

一瞬の沈黙の後、キーボードをチャカチャカとたたく音がしてから、神谷の声がした。

「はい、どうぞ」

「失礼します」

断ってからドアを開けると、机に行儀良く座って業界紙を読むふりをする、神谷のこぢんまりとした顔がこちらを向いた。

「医師のやっていることには余計な口を出さず、薬局では処方せんに従って調剤と服薬指導をしっかりやっていればいいんだ」

ロミの状況説明と問題提起に対し、神谷はつまらなそうに言った。

多分説明したことの半分も聞いていないのだろう。特に患者取り違えに至った経緯について、

考えられるいくつかの可能性などほぼ理解していないに違いない。

神谷からの返答を大方予想はしていたが、やはり神谷は取り合ってくれなかった。

ロミは、

「分かりました」

と言い残して、薬局長室を出た。

ドアを閉めると、中からはまたすぐキーボードをたたく音が聞こえてきた。

事なかれ主義の神谷は、「ヒヤリハット」にいつも意識を置くロミの言動には否定的だ。だが気になったことをどうしても放っておけない性格のロミは、提起した問題を神谷から一蹴《いっしゅう》されても追及を止めなかった。

処方せんにはそれを発行した医師の名が記されている。ロミは、二人の「サイトウ」の処方せんを出した畑岡《はたおか》という医師の名を元に、さらにネットで城央医科大学病院呼吸器内科の当日の外来診療医師である畑岡を探り当てた。

こうして、畑岡医師に関する大まかな情報を得た後、早速畑岡に電話をかけてみた。

幸い畑岡は、本日の外来診療が終わって城央医科大学の医局にいた。

「畑岡先生でいらっしゃいますか。私は貴大学病院の門前にある成都調剤薬局の薬剤師で薬師寺と申します」

「はい」

素《そ》っ気《け》ない医師の返答。でも怯《ひる》まず続ける。

「お忙しいところ、突然お電話申し上げまして失礼します。実は、今日、貴院からの処方せんを当薬局に持ってこられた二人の患者さんについて、確認したいことがあってお電話いたしました」

　そこでさらに丁寧な口調になって、結論を告げる。

「……あのう、それで大変申し訳ございませんが、お電話ではお伝えしにくいので、先生とのご面談をお願いできないでしょうか……」

　へたをしたら、

「そんな時間はない」

と怒《ど》鳴《な》りつけられるかも、と身構えていたところ、受話器からは穏《おだ》やかで優しそうな声が流れてきた。

「薬師寺先生、お電話ありがとうございます。ご用件は分かりました。そうですね……今日でしたら、午後三時に私の医局でどうですか」

　そこで胸をなでおろしながら応《こた》える。

「ありがとうございます。それでは午後三時に、先生の医局へお伺いさせていただきます」

　午後三時になれば、薬局も客や患者がだいぶ引けてくる。

　ロミは静かに受話器を置いた。

## 5

　三時までにはまだ間があった。

ロミは、薬局内の小さな会議室に二人の薬学部女子実習生を集め、恒例の小講義「医薬トリビア」を始めた。

この小講義は、ロミ自身が最近トリビア的に感じた薬や医療の知識、情報などを学生に伝えることを目的として、薬局長で店長の神谷に発案したものである。その時の神谷は、自分の学生実習指導の手間が省けると、一も二も無く賛成した。

実習生の古村《こむら》と山里《やまさと》は、いずれも城都薬科大学五年次に在学中の女子学生で、ロミの後輩にあたる。彼らは、成都調剤薬局で二ヵ月半の実務実習を行い、その単位を取得することを目的に、当該薬局に通っていた。

薬学部五年生の実務実習内容は、全国的に一律に決められているが、実習先の各薬局にはそれぞれの特徴があるから、そういった特徴のある医療を学ぶこともできる。

例えば在宅医療に力を入れている薬局であれば、患者宅まで出向いて行って服薬指導を行う薬剤師の業務を見ることが可能だ。一方、漢方薬局を併設している薬局であれば、実際の漢方薬や配合生薬を手に取って直接学ぶことができる。

成都調剤薬局の「医薬トリビア」は授業形式の講座ではあるが、薬にまつわるいろいろな無駄かもしれないが知っていて損はない知識を得ることができ、実習生の間でもちょっとした評判になっていた。

実習生の古村はロミより身長が低く、クリッとした瞳とショートカットの黒髪がチャーミングな学生。高く歯切れのよい声で、早口にしゃべる。

一方の山里は身長が百七十センチメートル近くあって、身体つきはふくよかだ。顔はやや丸く、おっとりした印象の学生である。

この二人の学生に対してロミは、

「どちらも薬学部の学業成績は優秀だが、薬局では実践的なことをたくさん学んでもらいたいな」

と思っていた。そこで「医薬トリビア」にはできるだけ実践的な話を盛り込み、そういった話を聞いた二人の実習生には知識を医療行為に還元できる薬剤師になってほしい、という思いを込めた。

またこの講義の準備を通じ、自身が医療上の諸問題に気付いて、それに対処する薬局薬剤師としての心構えや問題解決のための方法を考え直すことは、まだまだ未熟な自分を鍛《きた》え上《あ》げるための良い機会になると考えた。

今日の「医薬トリビア」で、ロミは二人の学生を前にまず前置きを述べた。

「患者さんと薬剤師のコミュニケーションは、薬剤師が患者さんから処方せんを受け取ったところから始まります。

みなさんも知っているように、処方せんには、患者さんの氏名、生年月日や処方医の氏名、住所、電話番号と処方薬名、用法、用量等が記載されています。でも、患者さんの病名に関する情報は何も書かれていません。

だから、その患者さんがどんな病気を病んでいるのか、普段どんな生活を送っているのか、さらには幾つ病気を抱《かか》えているのか、そういったことが処方せんからは何も分かりません。

でも私たち薬剤師は、処方せんに書かれている処方薬の種類や用法、用量などから、患者さんの病名や生活習慣まで推理することができるんです。その推理によって、調剤した薬の服用法についてどのあたりを最も注意して説明すべきなのか、薬剤師は探り当てることができる。

そういう情報は、患者さんの方から提供してくれることもままあるけれど、多くの患者さんは自分の病気や生活習慣のことを自分からは話さないよね」

そんなふうに語尾は友達同士のような言葉で問いかけて、いったん学生たちの様子を窺《うかが》ってから続けた。

「だから私は、皆さんに実習指導するにあたり、まず初めに『薬剤師は処方せんを推理する名探偵になりましょう』と言います。

一体どういうことでしょうか。一つ例を挙げましょう」

ロミの舌は滑《なめ》らかになる。

「ある病院の医師は、いつもジェネリック医薬品ばかりを処方します。

この医師は先発医薬品をめったに処方しないけれど、ある血圧の高い患者さんに対しては、なぜかジェネリックではなく先発医薬品の降圧薬を処方しました。併せて、この患者さんには軽度の睡眠薬も処方していました。これもまたジェネリックではなく先発医薬品でした。

はい。では今私が言った情報から、この患者さんはどのような人物なのか、推理してみてください。医師ではなく、患者さんの方よ」

「…………」

二人の実習生は閉口したままだ。ロミはにっこり笑うと先を継ぐ。

「いきなりそんな質問されても無理よね。いい？　名探偵ホームズになったつもりで考えてみて。シャーロック・ホームズって知ってる？」

唐突な問いかけに、二人は自信なさそうに首を縦に下ろす。

「ホームズはその優れた観察眼で、依頼人の身体《からだ》や服装、持ち物などのちょっとした特徴をとらえ、さらにそこから持ち前の推理力を働かせて常人には思いもよらぬ情報を引き出します」

ロミは小学校の低学年のころ、「名探偵シャーロック・ホームズ」の一連の物語を夢中になって読んだ経験がある。その時から名探偵ホームズに憧《あこが》れ、しばらくは身の回りの人や物など何を見ても、それらに対してホームズばりの推理を働かせてみたものだ。

ところが大人になって薬剤師になり、処方せんを手にした時にそのころの記憶がよみがえってきた。

処方せんを推理することによって、そこからいろいろなことが分かる。それは面白いことだし、薬剤師の仕事にも役立つ。

「それに倣《なら》ってかどうかわからないけれど、さっきの患者さんの処方せんに推理を働かせてみると、例えばこんなふうには考えられないかな……？」

そこでいったん言葉を切ってから、すぐに話を継ぐ。

「まず、ジェネリック薬を処方することが慣例の医師が先発薬を処方したのは、患者さんから先発薬が欲しいという訴えがあったからではないでしょうか。薬効が同じで値段が安いと医師から言われれば、普通患者さんはジェネリックを選ぶでしょう？」

実習生たちはうなずく。

「さて、もしそうだとすれば、この患者さんはジェネリックを信用してなくて、疑《うたぐ》り深《ぶか》い人なのかも知れません。しかも安価なジェネリックを所望しないわけだから、お金にはあまり困っていない。

　そしてさらに、軽度の睡眠薬が併せて処方されていることから、この患者さんは何か悩み事を持っていて、夜寝つきにくい人だと想像できませんか？」

　二人がまた二度三度とうなずくのを見ながら、

「けして押し付けているわけではないから、反論があったら遠慮なく言ってね」

　と断ったうえで続ける。

「このように、一枚の処方せんからその人の病名だけじゃなくて、『お金に困っていないのに疑り深く心配事がある人』という人物像までが浮かんでくる……。だからこの人に服薬指導する場合には、私だったらお金の問題以外に家庭もしくは社会においてきっと存在すると思われるこの人の心配事を想定して、薬の説明をします」

　真偽は別として、処方せんという根拠に基づいた推理は、二人の女子学生の興味を十分に引き付けたようだ。

「どうでしょう、こんなトリビア？　このような処方せん推理は、もしかしたらこの患者さんの治療をサポートする上で思わぬ役に立つかもしれない、と私は考えます。因《ちな》みに『薬剤師は処方せんを推理する名探偵になりましょう』とは、私からの提案です」

　実習生たちはまた素直に首肯した。続いて古村が感想を述べた。

「面白いですね。私もミステリー小説が大好きなので、薬剤師が探偵になって処方せんを推理するなんて、とても夢のあるお話だと思います」

ロミはにっこり笑って、

「ありがとう。では、前置きが長くなりましたが、これから今日の小講義を始めましょう」

と話を切り替えた。学生たちは、テーブルの上に各々メモノートを広げた。

「講義の導入はうまくいったみたい……」

心中呟きながら、ちょっと自信を持ったロミは再び二人に対して質問した。

「非小細胞肺がん治療薬のゲフィチニブという分子標的薬が、東洋人の煙草《たばこ》を吸わない女性に対して効果が高いのはどうしてなのか、あなたたち考えてみたことある？」

学生たちは顔を見合わせる。そしてまたロミを見る。だが彼女たちから返答はない。

その日の午前中ロミが遭遇した二人の「サイトウさん」の取り違え疑惑の背景に、女性の肺がんとその治療に関する問題があった。

それについてロミは短い時間の中で、今まで読んだ論文や分子標的薬の添付文書、あるいは非小細胞肺がんの病態と薬物治療に関する参考書などを揃え、必要な部分を小講義「医薬トリビア」のためにコピーした。

この問題については、畑岡医師に問いただす前に関連事項を良く把握しておく必要性を感じ、まずそれらに目を通したうえで今日の医薬トリビアに臨んでいたのだ。

二人の実習生に同時に訊いても積極的な答えは返ってこないだろうなと、考えを変えて今度は片方ずつ訊ねる。先《ま》ずは小柄な古村の方からだ。

「古村さん。組織型から見た肺がんの分類を言ってみて」

古村は目をくりくりさせながら、

「……肺がんは、その組織型の違いによって小細胞がんとそれ以外の非小細胞がんに大別されます」

「そうね。それでは、ゲフィチニブはそのどちらに有効ですか」

　古村はまた少し考えてから答える。

「EGFR遺伝子変異を持つ非小細胞肺がんの治療に有効です」

「正解よ。じゃあEGFRって何？」

「……ええっと……上皮成長因子受容体のことで、つまりそれは肺がん細胞が増殖するための因子が結合するがん細胞膜上のタンパク質の一種です」

「そうですね。では山里さん。なぜEGFR遺伝子変異があるとゲフィチニブが効くのか、そのメカニズムを答えてみて」

　こちらの質問の方が難しかったが、山里はまったりした口調で、つっかえつっかえ説明した。

「うん、だいたい合ってる。それじゃあ、もう一度二人に質問です。

　ゲフィチニブは、東洋人の非喫煙女性の非小細胞肺がん患者に対して腫瘍抑制効果が高い、という知見が得られています。さて、それはなぜ？　なぜ東洋人の煙草を吸わない女性患者に良く効くのでしょう？　それ以外の患者には効かないのかな？」

　学生たちはまた黙り込む。ロミは続けた。

「あなたたちも私も、煙草を吸わない東洋人の女性ですが、もしも非小細胞肺がんにかかったらゲフィチニブに期待していいと、いくつかの文献が言ってます。その理由を知りたいとは思わない？」

「知りたいです」

二人は同時に答える。その返事を聞いてから、ロミはおもむろに持っていたファイルから英語で書かれた二部の論文コピーを出して、学生たちに一部ずつ手渡した。

「後でそれぞれよく読んでほしいのだけれど、この論文の主旨はこうです。東洋人の非喫煙女性に発生する非小細胞肺がんに、このEGFR遺伝子変異が高い確率で発現することが分かったそうです。ゲフィチニブは、EGFR遺伝子変異がある非小細胞肺がんに良く効く。だから東洋人の非喫煙女性の肺がんにはゲフィチニブが良く効く、という三段論法的な結論がこの論文の言いたいことなのです」

そこで少しく言葉を切って、二人の理解度を目で探る。それを確認すると、続いて、

「なおこれには『非喫煙者』という条件が付くわけですが、その理由として喫煙が原因の肺がんには、EGFR遺伝子変異以外に煙草という別の発がん因子が関係するからです。ゲフィチニブは、煙草中の発がん因子がもたらす悪影響には対処できません」

と付け加えた。

二人はようやく得心したように笑顔を作って見せた。そこですかさず用意していた次の質問を投げかける。

「では、煙草を吸わない東洋人女性の非小細胞肺がんに、EGFR遺伝子変異が多いのはなぜでしょう」

女子学生たちは、再び眉をひそめて顔を見合わせた。それに対してロミは、微笑みながら言う。

「こんがらがらないでね。単純な質問よ。さあなぜかな？　その答えは……、今ここでは教えません。今お渡しした論文を読み終えるまでに考えておくこと」

最後に、

「論文は週末までに読んでおいてね」

と学生に宿題を出してから、その日の小講義「医薬トリビア」を終えた。学生たちは、七割の満足と三割のもやもやをもらったような顔をして、講義室兼休憩室を出て行った。

畑岡医師との会見には、今学生たちとやり取りした知識がきっと役に立つことだろう。ロミは自身にそうおまじないをかけた。

## 6

時刻は午後二時半になっていた。

ロミは、患者が途切れてきた薬局の方を他の薬剤師メンバーに頼むと、少し早めに城央医科大学附属病院に向かった。薬局から城央医大病院までは、徒歩でわずか数分だ。

医大病院まで一本道で、その道沿いには青い空に真っすぐそびえるポプラの木が等間隔に植わっている。樹々《きぎ》の葉は、春の陽光を浴びて若緑に輝いていた。

城央医科大学附属病院は、内科系診療科と外科系診療科をそれぞれ十一科ずつ設け、その他にも放射線科や臨床腫瘍科などを併設した、病床数八百九十床の総合病院であった。

約束の時間より早く病院に着いたロミは、畑岡のいる呼吸器内科の医局に赴く前に、消化器内科病棟に寄ってみた。

城央医科大学病院薬剤部と成都調剤薬局との間では、薬剤師の交換研修が行われている。このようなプロジェクトは、いわゆる薬・薬連携すなわち病院薬剤部と調剤薬局の連携の一環として、近年病院と調剤薬局間で盛《さか》んに実施されている。

病院薬剤部と調剤薬局間で互いの業務内容を知ると共に、患者情報を共有してより良い医療を提供するのが、プロジェクトの主な目的である。この交換プロジェクトに参加しているロミは、大学病院の病棟の医師や看護師と顔見知りである。

その中で、ロミがひと際、会ってじっくりと話を聞きたい人物がいた。消化器内科病棟薬剤師の久須美悠斗《くすみゆうと》である。

久須美はロミと同じ城都薬科大学卒で、日本医療薬学会認定のがん専門薬剤師の資格を持つ。ロミにとって彼は、憧れの先輩だった。

ロミより六歳年長で、病棟薬剤師の業務に真っすぐな姿勢で取り組んでいる。精悍《せいかん》な顔つきをしているが、どちらかというと無愛想《ぶあいそう》で、誰からも好かれるとはいいがたい。

母親を乳がんで亡くしたとうわさに聞くが、ロミはその件で久須美と直接話をしたことは無かった。

母親の件が久須美をがん専門薬剤師の道へと導いたことは、察するに難くない。しかし久須美の生き方を支えているものは、それだけではなさそうである。

病棟薬剤師としてプロフェッショナルで誠実な彼の仕事ぶりは、周囲から堅い信頼を得ているが、その姿にロミは悲壮感さえ覚える。その背景を推理するも、本人は過去を周囲の誰にも語らない。

その久須美の白衣姿を病棟へと続く回廊で見つけたロミは、後ろから声を掛けた。

「久須美さん」

入院患者の服薬指導のため病室に向かおうとしていた久須美は、立ち止まると振り返ってロミを見た。

大きな災害などの有事に備え、病院にあふれるであろうたくさんの患者に治療を施せるよう横幅を大きく取った回廊の端《はし》っこを、ロミは小走りに久須美に近寄った。病院関係者は回廊の真ん中を堂々と歩くものではないと、以前久須美から教わっていた。

回廊を見渡すと、今彼らの他には誰の姿も無かった。

「ロミか。今日は何の用？」

久須美が訊ねる。無感情な話し方だ。

でも気にならなかった。いつものことだ。

大学の後輩で、かつて久須美が指導した実習生でもあったロミのことを、久須美は愛称で呼ぶ。

「呼吸器内科の畑岡先生に用があって」

そこで畑岡との会見理由を簡潔に述べる。すると久須美は、周囲に誰もいないことをもう一度確かめてから口を開いた。

「畑岡先生ならオレもよく知ってる。せっかくの機会だから、薬剤師としてロミが思っていることを何でも臆《おく》せず相談してみることだな」

久須美は、消化器内科の病棟薬剤師として今やこの大学病院になくてはならない存在であり、患者からはもちろん医師や看護師からも信頼されている。

久須美が医師から一目置かれているのは、彼ががん専門薬剤師としての専門性を臨床で発揮している点ばかりではない。多忙な大学病院薬剤部内にあって、実験操作を伴う臨床研究にまで手を広げている薬剤師は極めて少ないが、彼はその筆頭として薬剤部の研究業績を積み上げているからだ。

久須美が発表したいくつかの欧文論文は、世界中の先進国の臨床研究者に引用され、それが実際にがん化学療法の向上や副作用の軽減に役立っている。そのことを、院内の薬剤師のみならず医師や看護師たちも良く知っているのだ。

かつて久須美はロミに対し、

「大学病院の薬剤師には、がん治療の向上を目的とした研究を自ら実施して新しい知見を世に生み出す責務がある。そういった新知見は、今まで治らずに亡くなっていた患者を救い、医療の質を進歩させる」

と熱く語っていた。それは久須美の持論でもあった。

ロミは、地域医療に根差した調剤薬局の薬剤師だ。自分なりにその役割は自覚しているつもりである。

だが久須美の言うように、現代医療では治らない患者を治せるよう医学研究によって医療を変えて行くことも、薬剤師の役割の一つではないか。

大学病院の薬剤師でなくても、調剤薬局の薬剤師がそれを成し遂げることはできないか。そしてそれを可能にするために、これから自分はどんな勉強を、どんな努力を、どんな経験を積めばいいのか。

そんな将来の目標を胸に抱いていたロミは、

「尊敬する病棟薬剤師の先輩から、その点をはじめもっといろいろな話を聞いてみたい」

と常々思っていた。

久須美は、

「薬剤師が研究を遂行するにあたっては、専門性を持つことが肝要だ。そういった意味では、まずはどの医療分野でもいいから専門薬剤師になって研究を推し進める基盤を持つことだ」

とも言っていた。その辺のことを、久須美からもっとよく聞きたい……。

だが、自身の業務を果たすため忙しそうに病室へと向かう久須美を、今はそれ以上引き留めることはかなわない。

「畑岡先生が患者を取り違えるとは思えないけど、疑問に思うことがあったら、しっかりと先生に伝えて確認することが大事だ」

久須美はもう一度そう念を押すと、足早に去って行った。その後姿を名残《なごり》惜《お》しそうな目で追いながら、ロミは畑岡医師との会見に気持ちを切り替えた。

## 7

約束の時間に少し遅れて城央医科大学病院呼吸器内科の畑岡医師を訪問すると、畑岡医師は約束通り医局で待っていてくれた。

畑岡はまだ三十代前半と若く、

「町薬局の女性薬剤師がわざわざ自分の下にやってくるとは、いったい何事だろうか」

といった様子で、気を悪くするどころかむしろ興味深くロミとの会見に臨んでくれた。

色白で体格もそう大柄《おおがら》ではないが、物静かな所作の中に何かしっかりとした信念を秘めているような重々しさが感じられた。端正な顔立ちの上、細い金縁フレームの薄いレンズの眼鏡《めがね》をかけており、品の良いインテリという印象だ。

微笑みさえ浮かべながら落ち着いた表情でこちらを見ている畑岡医師の視線に臆することなく、差し出された医局の古い丸イスに背筋を伸ばしてかける。

続いて医師の眼鏡の奥に潜む深い瞳の色をじっと見た。黒と茶のモザイクのような瞳には、少しの濁《にご》りもない。この人になら、何でもぶつけられるとロミは思った。

「お忙しいところお時間を取っていただいたうえ、ご訪問が遅れてしまって大変申し訳ありません」

とりあえず謝罪の言葉を述べてから、改めて医師の表情を窺う。

「いえ、今日の外来ももう済みましたので、時間は大丈夫です。で、お話とは?」

逆に医師から用件を促《うなが》され、ロミは緊張しながらもう一度姿勢を正す。そして小さく一つ咳払いをしてから、はきはきとした口調で説明を始めた。

今朝、名前も年格好もよく似た二人の患者が自分の薬局を訪れたこと、それぞれの患者が持参した処方せんのこと、二人の処方せんを出した医師が、畑岡氏であったこと……等々。

畑岡は口を挟むことなく、時々うなずきながら落ち着いた様子でロミの話をじっと黙って聴いていた。

医師のあまりに冷静な態度にロミはだんだんと緊張が解け、代わってもしかしたら自分が何かとんでもない勘違いをしているのではないかと不安になってきた。

「疑問に思うことがあったら、しっかりと先生に伝えて確認することが大事だ」

　さっき病棟へ向かう回廊で久須美が言っていた言葉が脳裏をよぎる。それに勇気づけられると、ロミは思い切って結論を述べた。

「……そこで私は気が付きました。ひょっとして畑岡先生は、斎藤千穂子さんと齋藤智代子さんを取り違えて診療され、それぞれの処方せんをお出しになったのではないでしょうか」

目と目が合う。

　しばしの沈黙……

だが畑岡は、穏やかな表情を変えることなく「ふっ……」と小さく息を吐《は》いて微笑むと、ロミから視線を逸《そ》らすことなく静かな口調で述べた。

「薬師寺先生の言う二人の当該患者がよく似ていることは、私も気付いていました」

大学病院の医師たちの多くは、相手が薬剤師であっても「先生」と呼ぶ。普通は敬語も使う。

畑岡の言葉遣いも丁寧であった。

　述懐は続く。

「……従って、診察前には本人確認を入念に行っています。患者取り違えではなく、手術不能な非小細胞肺がんに罹患《りかん》した斎藤千穂子さんは、幸い分子標的薬のダコミチニブによく応答し、一ヵ月の治療で本当に腫瘍の影がほぼ消失したんですよ」

　驚いて声も出せずにいると、畑岡は相手のことを気にするそぶりも見せず淡々と続けた。

「薬師寺先生もご存知のように、分子標的薬が世に出るまでは、こんなことは確かになかったことです。だが、患者によってはこの分子標的薬が劇的に効くケースも出てきました。斎藤千穂子さんはその好例でした」

「そうでしたか……」

「しかしX線検査で消えたように見えるがんでも再発することがあるので、これからも油断は禁物です。斎藤千穂子さんはもうしばらくダコミチニブで治療を続けますので、薬師寺先生も薬剤師の観点からこの患者さんの外来治療をしっかり見守ってやってください」

「…………」

　ロミの背筋に冷たい汗が一筋、二筋走り下りた。

「私の勘違いだったのですね。も……申し訳ございません。先生が患者を取り違えたと疑うなんて、大変失礼いたしました」

　ロミは叫ぶように言って謝ると、畑岡を前に大きく腰を折って頭を下げた。

「自分が悪いと思った時は、みんなに分かるように大きな声で大きなアクションで心から謝れ」とは、亡くなった薬剤師の祖父の教えである。ロミはこの教えを今も忠実に守っている。

「まあまあ、面を上げてください」

　深く頭を下げ、ずっとそのまま動かないロミに向かって小さく右手を差し出し、彼女をなだめながら畑岡は付け加えた。

「一方の齋藤智代子さんですが、この患者さんの肺の陰影は、間質性肺炎の疑いがあるため明後日もう一度来院してもらって精密検査をすることになっています。

ご存知のように間質性肺炎も決して侮れない病気なので楽観はできませんが、彼女の胸部X線画像はすりガラス状陰影を呈《てい》しており、この結果から肺がんではないことが分かっています」

非小細胞肺がんの陰影が消えた斎藤千穂子が服用していたダコミチニブは、その日ロミが実習生に対して行った「小講義」で話題に出したゲフィチニブと同じ作用メカニズムで効く薬である。

ロミが承知しているように、この薬は東洋人の非喫煙女性でEGFR遺伝子変異のある非小細胞肺がん患者に奏効することが多い。患者の斎藤千穂子は、正にその条件にぴったり当てはまっていたのだ。

そのことを知っていながら、ダコミチニブの効果を斎藤千穂子に当てはめて考えることを失念していたロミは、畑岡の説明に赤面、納得し、今回の指摘が自分の勇み足であったことを再度畑岡にわびた。斎藤千穂子のがんが一ヵ月の治療で消えることは、決して想定外ではなかったのだ。

だが畑岡の返答は好意的であった。畑岡は言う。

「薬師寺先生のような薬剤師が我々の診療にいつも目を光らせてくれているから、我々医師は安心して患者を診ることができるのですよ。勇み足大いに結構。事故が起こってからでは遅いのです」

ロミは畑岡の目を見てうなずく。

「先ほども言いましたように、斎藤千穂子さんには、腫瘍の陰影が消えた後ももうしばらくダコミチニブを服用してもらいます。ダコミチニブの重大な副作用には気を配ってあげてください」

「間質性の肺疾患ですね」

ロミが応じる。

「はい。咳《せ》き込むことが多くなったり息苦しさを訴えたりしたら、注意が必要ですね」

「かしこまりました」

ロミの返答に、畑岡も微笑んでうなずく。

「これからも、その他気が付いたことなどがあったら、遠慮なく押しかけてきてください。私たち医師は、むしろ先生方のご協力に期待しています」

最後に畑岡は、そう相手を勇気づけた。

畑岡の別れ際の言葉に、ロミは救われた思いであった。

呼吸器内科の医局のドアを閉め、病棟の回廊に出た後も、胸中には畑岡の言葉がしっかり根付いていた。

今回の事例は、改めて分子標的薬の切れ味のすごさを教えてくれた。

分子標的薬の良く効く患者を科学的根拠に基づいて選び出し、同薬で治療すれば劇的な効果が表れる。それは間違いない。

しかし一方で、分子標的薬は標的分子を持たないがんには全くといっていいほど効かない。そういう患者に分子標的薬を投与すれば、薬の副作用だけが患者を苦しめることになってしまう。

そんなことが無いよう、薬剤師として分子標的薬の特徴をしっかりと頭に叩《たた》き込んでおく必要があると、改めてロミは肝に銘じた。

8

その週の金曜日、午後。

薬学部実習生の古村と山里を前にしてロミは訊ねた。

「先日お渡しした、東洋人の非喫煙女性に発生する非小細胞肺がんには、ＥＧＦＲ遺伝子変異率が高い、という論文は読み終わりましたか」

学生たちは同時に首を縦に下ろす。

「どう、難しかった？」

「やや難解でした」

古村が答える。

「でもＥＧＦＲ遺伝子変異についての基礎知識があったから、何とか読めたでしょ」

「……はい」

今度は山里が応じる。

「では山里さん。論文の内容を簡潔に述べてみて」

山里はギクッとしたが、それでも一つ小さな咳払いをすると、手元のメモを見ながらも、ほぼ完璧な答えを返した。

「良くまとまっていました」

褒めたうえで、ロミは今度は二人に向かって訊ねた。

「それではもう一つの宿題だけれど」

言葉を切ってからもう一度学生たちを見やる。

「なぜ東洋人女性の非小細胞肺がんにＥＧＦＲ遺伝子変異が多いのか、分かりましたか？」

二人は眉をひそめて顔を見合わせた。

そして再びロミに向き直ると、古村が答えた。

「文献やネット情報を調べてみたのですが、結局分かりませんでした」

二人は揃って肯《うなず》いた。

ロミは黙って両手を後ろ手に組み、二人の前を二回、三回、右や左に行き来すると、そこでやおら立ち止まった。

そして二人の女子学生を代わる代わる見てから言った。

「それはね。例えて言うなら、多くの日本人の髪の色が黒いのはなぜですか、という質問に対する答えと同じよ。つまり答えは、

『分かりません』」

一瞬固まる二人。だがややあって、

「ああ、やられた」

という顔をしてから同時に破顔した。その様子を見ていたロミは、にっこり笑ってから付け加えた。

「でも、髪の色が黒いのはそういう遺伝子を持っているからなのでしょうね。私のにわか知識に

よれば、ユーメラニンという色素の産生に係る遺伝子の発現に関係がありそうです。問題はなぜ日本人がそういう遺伝子を持っているのか。でもそれを科学的に説明するのは難しい。

自然科学には、こういった『なぜ』がまだまだたくさんあります。そしてその『なぜ』を考えることから、医学研究が始まり医療の進歩が生まれるのだと私は思うのですが、どうでしたか？このトリビアは……」

「なぜ斎藤千穂子の肺がんがわずか一ヵ月で消えてしまったのか？」

考えてみればその「なぜ？」から、ロミの今週の薬局業務が始まった。

結果的に勘違いだったのは自分の方であったが、それでも怪我の功名から分子標的薬のすばらしさを目の当たりにすることができ、さらに久須美や畑岡医師から背中を押される言葉をもらった。

もし自分が勘違いをうやむやにしていたら、決して得られなかった成果だ。胸の中でそう呟くと、ロミは前を向く。

処方 No. 2

# 血は水よりも……

# 1

「お待たせしました。次の方どうぞ」

今日も薬局の三番窓口カウンターに就いてロミが呼び込んだ次の患者は、薄手の白いセーターと紺色のスカートに灰色のジャケットを着た小柄な中年の女性であった。着ている服はこぎれいだが、痩せた顔には疲れた表情があらわになり、白いものも目立ち始めた髪はあまりブラシもかけていないようだ。

初夏の日差しが、薬局の玄関わきに大きく取られたガラス窓を透かして、窓口カウンターの足元あたりにまでまぶしく入り込んでいる。

「高草木《たかくさき》さんの胃の痛みの原因は、軽い胃炎のようですね」

処方せんから読み取れる患者の病態を推理して訊ねると、高草木はなぜか困ったような顔をしてロミの目を覗《のぞ》き込んだ。その視線を受け止めて処方薬の説明をする。

「胃酸の分泌を抑えるお薬が出ています。毎日一錠を夜お休み前にお飲みください」

高草木は黙ってうなずき、薬袋を手にしてカバンに収めようとした。そのタイミングを見計らってロミは訊いてみた。

「何かお悩みのことなどおありですか？」

患者によっては余計なお世話と取り合わず、適当に返事してそのまま退席する場合もあるが、その声掛けは今の高草木にとってはありがたい助け舟であった。

軽度の胃炎を患う患者には、夜も眠れぬほどの悩み事を抱えているケースも少なくない。こういったケースは、もちろん薬も有用だが薬だけでは根本的な原因を除けるわけではない。患者を悩ませている心理的な原因を除くことが、治療の早道である。

自分から悩み事を打ち明ける患者もいるが、多くの患者は薬局の窓口相談は薬に関することのみと決めつけて、薬剤師が服薬説明を終えるとすぐに帰ってしまう。

だが少々おせっかいなところもあるロミの気遣いは、この場合幸いにも高草木の気持ちを動かした。

「なんか話しやすそうな薬剤師さんだから、とりあえず話だけ聴いてもらおうかな」

と、そんな感じで高草木は自分が座っているイスを少し前に出してロミに近づくと、声を落とした。

「初めてお会いする薬剤師さんに、こんなことをお話しするのは気が引けるんですけど……」

そんな前置きの後、彼女は訥々《とつとつ》と話し始めた。

「今私は、高校生の息子のことで悩んでいるんです」

「息子さんが、どうかされましたか」

「実は……」

ロミは、ちらっと待合室の患者の混《こ》み具合を見た。

一、二番窓口カウンターには、それぞれ優男の美原とお調子者の湯川が就いているので、まだそんなに患者を待たせてはいない。そのことを確認すると、ロミは安心して高草木の話に耳を傾けた。

「息子は今高校二年生なのですが、入学した年の去年のゴールデンウィーク明けくらいから、学校に行かなくなってしまいまして……。こうは思いたくないのですがいわゆる引きこもりという状態で、家でも自分の部屋に入ったきり、ほとんど出てこないのです」

　ロミも高草木もマスクをしていたが、眉根を寄せて悩みを打ち明ける高草木の表情は、鼻と口が隠れていても十分想像がついた。

「高校の授業は、新型コロナ感染症が流行った当時はリモートが多かったと聞きますが、息子さんの場合も、学校とはまだリモートでつながっているのではないですか」

　質問を挟むと、高草木はかぶりを振った。

「確かにリモートの授業も一部あるみたいなんですけど、最近では息子の通っている高校のほとんどの生徒さんが、通学して授業を受けているようです。そのことを息子に問いただしたことがあるのですが、『授業は対面とリモートを選択できて、めんどうくさいからオレはリモートを選んでいるんだ』と言って、はぐらかしているばかりなんです」

「そうですか……。それでは、お母さんには息子さんが学校に行かなくなった原因に、お心当たりはありますか」

　その問いかけにも、高草木は首を横に振って否定する。

「仲の良かった友達と、何かいざこざがあったようなのですが、詳しいことは何も……。それが原因だったかどうかも分かりません」

「息子さんとは、対面でお話しできているのですか」

「いいえ。自分の部屋に入ったまま、私がドア越しに声をかけても、ほとんど返答がありません」

「それはお困りですね……」

一口に引きこもりと言っても理由は様々だ。もともと家庭に問題があると、学校などでの友達や先生とのちょっとしたボタンの掛け違いであっても、それが引きこもりを誘発してしまうということがあり得る。

ロミはその方面の専門カウンセラーではないが、相談されると放ってはおけない性格の彼女は、そこでさらに突っ込んで訊ねてみた。

「失礼ですが、他にご家族は？　その息子さんの他にお子さんはいらっしゃるのですか」

「いいえ、息子は一人っ子なんです」

「ご主人は？」

その質問に高草木が眉をひそめる瞬間を、ロミは見逃さなかった。

「……あの人は死にました」

高草木は吐《は》き捨《す》てるように言うと、顔を伏せて急に押し黙った。

「ごめんなさい。いけないことを訊いてしまいました」

慌てて謝ると、高草木は、

「いえいえ……」

とまた静かにかぶりを振り、突然立ち上がった。

「私こそ余計なお話をしてしまってすみません。お薬、言われた通りちゃんと飲みますから。それじゃ、失礼します」

「あ、待ってください……」

言いかけたが、高草木は背中を見せてロミのカウンターを離れ、会計を済ませると薬局を出て行った。

その時ロミは、ふと正面玄関横のガラス窓ごしに見える人影に目をやった。

マスクをしていたので顔ははっきり分からないが、年齢は四、五十歳くらいの男性である。男性は窓の外に立って、じっとこちらを窺っているようであった。

地味な茶系統の色のジャケットに黒いズボンをはき、山高帽を被《かぶ》っている。眼鏡はかけておらず、その目が高草木の後ろ姿を追っていた。

男性はロミが自分の方に目を向けているのに気が付いたようで、一瞬ロミと目が合うとすぐに視線を逸らし、通りの向こう側へ足早に去って行った。

「誰だろう。こっちを見ていたようだけれど……」

だが高草木は、その男性には気が付かないようであった。


午後三時を過ぎ、来客がとぎれとぎれになった時、ロミは美原と湯川に高草木のことを知っているかどうか訊いてみた。すると優男で姿見大好きの美原が、一度だけ高草木にカウンター応対したことがあったと申し出た。

「二年前だったかなあ。あたしがこの薬局に入った年だったから覚えてるんだけれど、その時はあの人まだ若くて肌につやがあったのよ。でも今日薬師寺先生のところで服薬説明受けてる時、あの人の顔がちょっと目に入ったんだけど、だいぶ老《ふ》け込んじゃったみたいね」

「美原先生が応対した時は、高草木さん、どんな処方せんを持ってきたのですか」

「それがさあ、二年前でしょ。はっきりは覚えてないんだけれど、多分今日と同じような胃炎のお薬だったんじゃないかしら」

美原は頭の毛の立ち具合を気にしながら、右手の三本の指で横の髪の集団をつまんでちょっと上に引っ張った。

「美原先生。ワックス付けた髪さわった手で調剤しない方がいいと思いますよ」

「分かってるわよそんなこと。調剤する前は、ちゃんと手を洗います」

「あの、話は戻るけど、高草木さんのご主人は何で亡くなったのですか」

すると美原はちょっと不思議そうな顔をした。

「えっ、ご主人亡くなった？」

「そう言ってました」

「そうだったの……。二年前は、ご主人のことを『会社員で高給取り』と自慢していたのに。多分、その時ご主人はまだ四十代よ」

ロミは肯く。

彼女の家庭に一体何があったのだろう。二年前には幸せだったであろう高草木家は、それから主人が若くして亡くなり息子は不登校、高草木自身は悩み事が重なって胃炎を患っている。

いくら自分が処方薬を渡した患者だからと言って、家庭の事情を探るほどまでに彼女のことに首を突っ込むのは、薬剤師としてはやはりやり過ぎだろう。そうは思いながら、ロミは高草木のことが妙に気がかりだった。

## 2

その翌日の午前中、ロミは在宅薬剤師として患者の家を何軒か回った。処方薬を届け、患者宅で服薬指導する。

それは、病院には来られない寝たきりの患者などを対象とする在宅医療の一環だ。薬剤師として出向いた折には、患者がちゃんと食事を摂《と》っているか、排泄《はいせつ》は不自由なくできているか、身体が汚れていないか、毎日十分に睡眠を取れているか、部屋の散らかり具合はひどくないか、など薬に関係すること以外でも気になったことがあったら持ち帰り、処方医に連絡を取ったりもする。

薬局の白い軽自動車で三軒目を回ってから薬局に戻る途中、ロミはその道が高草木の家のすぐ近くであることに気付いた。その手は自然にハンドルを切り、車は国道から住宅街へと入った。公園の近くのパーキングで車を停《と》め、目の前の家の門に近寄る。

「あ、ここだ」

周りの家とよく似た戸建てで、白い壁のベランダのある二階家だ。三十坪程度の庭もあって、芝生と花壇が見える。ロミは呼び鈴を押した。

高草木は家にいた。玄関の扉を開けて出てくると、門前に佇むロミの姿をしばらく見ていた。

「どちら様でしょうか」

高草木が訊ねた。昨日会ったきりで、まだ顔も認識できないようだ。もっともこちらはマスクをしていたので、分からないのも無理はない。

「成都調剤薬局の薬剤師の薬師寺です」

ロミは丁寧に頭を下げて挨拶《あいさつ》した。

高草木はしばし相手を見つめていたが、やがて、

「ああ、昨日の……」

と呟いた。

そのまま体よく追い返されるかもしれないと思っていたが、高草木は案外愛想《あいそう》よくロミを迎え入れ、玄関での立ち話となった。

「すみません、いきなりお宅をご訪問してしまい、ご迷惑だったでしょうか？」

「いいえ、今日はパートの仕事も無くて家でのんびりしていましたから」

「パートで働いてらっしゃるんですね」

そこで高草木は声を落とし、

「引きこもりの息子と二人きりでは食べて行けませんからね」

と言って苦笑した。

「息子さんは……？」

遠慮がちにロミが家の中を窺うそぶりを見せると、高草木は二階の方を振り返りながら眉をひそめる。

「相変わらずです。今日は学校で対面授業があるはずなんですけれど、昨夜から食事も摂らず部屋に引きこもったまま出てきません」

「あのう、大変差し出がましいようですが……」

「は……？」

躊躇《ちゅうちょ》するも思い切って言ってみた。

「私も中学生の時に不登校になってしまった経験があるんです。それで」

「まあ……」

ちょっとびっくりしている高草木の顔を見ながら続ける。

「私が息子さんに声をかけてみましょうか？」

「えっ……」

高草木の顔には、明らかに動揺の色が浮かんでいた。

ロミ自身も、薬剤師としてこれは首を突っ込み過ぎだと自覚していた。きっと後で店長の神谷から、ねちねちと小言を言われるだろうな。

でもここまで来たからには、高草木の何か役に立てることをしたい。そんなおせっかい心が、押しとどめる箍《たが》を外させた。

「無駄だと思います。母親にすら必要以外のことは口を利きませんから。ましてや今まで会ったこともない薬剤師さんから何を言われても、聞く耳は持たないでしょう」

確かにあの時の自分もそうだった。

仲の良かった友達の女の子に、ちょっと彼女とは違う意見を言っただけなのに、その後でロミのことを排斥するような運動がクラスの中で徐々に広がって、ロミは行き場を失った。それからというもの、ロミは誰の言うことも信じられなくなって、誰とも口を利かなくなってしまった……。

友達の女の子には、当たり前のことをやんわり注意したはずだった。でもその子からすれば、ロミの言ったことは自分を傷つける重大な発言だったのだろう。

「分かります。でも同じ経験をもとにお話しすれば、もしかしたら私の言うことに興味を持ってくれるかもしれない……」

高草木は半信半疑のような複雑な顔をしたが、信念をもって言うロミの言葉に押され、とうとう成り行きを預けた。

「息子さんのお名前は」

「彰《あきら》と言います」

うなずくと、ロミは「失礼します」と断ってから玄関で靴を脱ぎ、目の前の階段をゆっくりと上がって行った。

彰の部屋の前にまで案内されると、高草木は息子の部屋のドアから一歩引いてロミを前に立たせ、自分では低い声で息子に呼びかけた。

「彰、聞いてる？　今日は、私がお世話になっている薬局の薬剤師さんが来てくれて、彰とお話がしたいとおっしゃるので、今ここにお連れしたところだよ。薬剤師さんも、以前学校へ行けなくなってしまった経験があるんですって。だから彰とお話ししたいそうよ。お話をしてみてちょうだい」

一呼吸おいて、今度はロミが呼びかける。

「彰君、聞いていますか。お母さんからご紹介があったように、私は成都調剤薬局の……」

言いかけてはっとした。

彰の部屋のドアに耳を近付け、中の様子を探る。

「う、う、う……」

室内から密《ひそ》かにうめき声が聞こえてきた。

「お母さん。お部屋にカギは掛かっていますか？」

高草木の顔色がさっと白く変わった。

「いいえ……」

急いでドアノブをひねり、

「彰君、開けるよ」

と叫んでドアを開ける。

だがすぐには開かなかった。ドアの内側に、机のようなものが置かれていて、外からは人が容易に入れないようにしてある。

ロミはさらに身体を使ってドアを押し開けた。

少し隙間《すきま》ができた。そこに身体を入り込ませ、バリケードのようになっていた机を寄せると室内に滑《すべ》り込んだ。

正面にベッドがあって、彰があおむけに寝ていた。

布団も毛布も掛けず、彰は室内着姿で天井を睨むようにしてうめいていた。顔は真っ赤で、額や首筋からは脂汗がにじみ出ていた。

「彰君、どうしたの？　大丈夫？　彰君」

「彰……いったい何があったの……」

ロミそして高草木が、ベッドに駆け寄った。

彰は目をつむったままうめいていた。ロミはその額に手を当てた。

「すごい熱……」

「彰、彰っ……」

高草木が懸命に息子の名を呼ぶも応答はなく、彰は相変わらず苦しそうな息を吐きながら唸《うな》っている。

ロミはスマホを取り出して、救急車を呼んだ。

3

「搬送先は城央医大病院だったんだな」

成都調剤薬局の薬局長室で、報告を聴いていた神谷は渋《しぶ》い顔でロミを見た。

「はい。コロナの検査結果が出るまでは発熱外来で留め置かれ、結果が陰性だったので救命救急で諸検査を受け治療が施されました。もう少し遅れていたら命に係わる事態だったかもしれません」

「ふむ。その点では、在宅の帰りにたまたまその家に寄ったという、君の機転というか偶然というかおせっかいの成果は認めよう」

褒めているのか咎《とが》めているのか分からぬ言い方で、神谷は迫ってきた。

「だがこれだけは言っておこう。処方薬に問題があったわけでもないのに、薬を渡した患者さんの自宅に特段の理由もなくいきなり押しかけ、しかもその家に上がり込むとはやり過ぎだ」

「………」

ロミには返す言葉が無かった。

「今オレの言ったこと、分かった？」

「はい、分かりました。申し訳ありません」

何か言い返そうとも思ったが、六秒考えてから止めた。

自分が余計なことをしたから彰の命を救えたのだが、それは結果オーライであって、心理的に問題のある高校生のカウンセリングは薬局薬剤師としては越権だ。

さんざん注意された後で、薬局長室を出ると、ロミは気持ちを切り替えて日常業務に戻った。


高草木彰の症状の原因は、細菌性髄膜炎であった。

抗生物質やステロイド剤の投与で何とか危機を脱したが、さらなる検査の結果、血中に多量の白血病細胞が見つかった。そしてその白血病細胞から、慢性骨髄性白血病に特有のフィラデルフィア染色体という異常染色体が検出されたのだ。

彰は慢性骨髄性白血病と診断された。細菌性髄膜炎は、この白血病が原因で免疫機能が低下して発症したものと考えられた。

ロミは、城央医大病院の薬剤部に薬剤を届ける用務が生じた際に、病院の血液内科病棟まで足を運んでみた。そこに、高草木彰が入院していた。

少し前に薬局長の神谷から、

「余計なことをするな」

と戒《いまし》められたばかりだ。

神谷の顔が頭に浮かんだが、おせっかいは自分の短所であり長所。薬剤師として自分に何かできないだろうかと考えるのは、決して悪いことではない、とロミは思う。

それに、行きがかり上やはり彰の病状が気になった。薬剤部に寄ったついでに、ちょっと病棟にも見舞いに顔を出すということなら、別に構わないだろう。

そう自分で理由付けし、彰が入院している血液内科病棟のある四階フロアに向かった。

高草木彰は、すでにＩＣＵから一般病棟に移されていた。病室は個室だった。

ちょうど面会時間帯ではあったが、

「面会は十分くらいにしてください」

と病棟看護師に言われ、それを承知して病室に入った。

ベッドに横たわり、点滴を受けながら、彰はロミの方へ顔を向けた。彰にしてみれば、ロミに会うのはその時が初めてであった。

自己紹介し、自分が彰の母親である高草木の調剤を担当した薬剤師であることを告げる。そしてベッドサイドの来客用イスに掛けると、彰の病状を気遣った。

「気分はどうですか」

彰はしばらく無言でロミを見ていたが、彼女が白衣を着ていたので、病院の薬剤師と勘違いしたらしい。やがて重い口を開いた。

「薬剤師さん、僕は一体どうしたんですか」

ロミは首を傾げる。

「病院の先生やお母さんからは、何も聞いていなかったの？」

彰は首を振る。

「ただ……」

躊躇した後、彰はぽつりと言った。

「先生が、僕は白血病という病気だって言ってました」

ロミは相手の目を見ながらゆっくりとうなずいた。

「しっかり治しましょうね。いいお薬はありますから」

だが彰は関心がなさそうだ。

「お母さんとはあまりお話をしていないと聞いたけど、本当？」

彰は黙ってうなずく。

「学校には、あまり行けてないんだってね」

それには返事せず、彰は目を伏せた。

「ごめんなさい、立ち入ったことを訊いちゃって……。でも、私も中学校の時不登校になったのよ」

彰は目を見開いてロミを見た。

「友達とのちょっとしたいざこざが発端なんだけれど、なんであんなにみんなから無視されることになったのか、自分でもよく分からなかった。それから学校に行くのが本当に嫌になっちゃって……」

　苦笑して彰から目を逸らす。

「そうなんだ……」

　彰が呟く。

「僕のクラスには、他に二人学校に来ない子がいるよ」

「まあ。不登校って、流行ってるの？　コロナのせいで？」

　彰も苦笑してから眉をひそめる。

「そうは思わないけど。でも学校全体では増えているみたい」

「ねえ。君は将来何になりたい？」

　唐突な質問に、彰はゆっくりと顔をこちらへ向けた。

「そんなこと、分かんないさ」

「どうして？　何かにあこがれることってあるでしょ」

「……僕のうちには、将来も夢もないよ……」

　じっと彰の顔を見つめる。

「君のご家族のこと？　でも家がどうであれ、君は君の夢を持っていてもいいでしょ」

　彰は黙った。何か言いたそうだったが、心の中に重い鉛の塊《かたまり》があるかのように、その顔は沈んで見えた。

「薬師寺さん。そろそろ処置の時間ですから、外していただけますか」

　病室の入り口で看護師の声がした。

ロミはイスから腰を上げた。

「突然お邪魔してごめんなさいね。お母さんにもよろしく。病気の治療は、ちゃんと受けてね」

だが彰からは返事がなかった。

催促しに来た看護師に目礼すると、どこか後ろ髪を引かれるような思いで病室を出た。

## 4

それから三週間が過ぎた。

いつものように薬局の三番窓口カウンターで来客応対に当たっていると、見慣れた母子が窓口カウンターに現れた。二人は言葉少なに、ロミの対面に並んで掛けた。

「その節は、息子が大変お世話になりました」

高草木は、やつれた顔を半分だけもち上げて礼を言う。隣に座った彰が、小さく頭を下げた。

「彰君、退院できてよかったですね」

「お陰様で何とか……。入院した時には、髄膜炎の後遺症が残るかもしれないと言われたのですが、今のところ問題なく経過しているようです」

ロミはうなずくと、二人を前に今日彰に出た薬の説明を始めた。

「彰君の髄膜炎の原因になったのが慢性骨髄性白血病という病気です。今日は、その治療のためのイマチニブというお薬が出ています。これを一日一回、食後に一錠お飲みください」

彰は説明を良く聴いていない様子であったが、高草木は白血病を抑えるというその錠剤をしみじみと見つめながらつぶやいた。

「今は飲み薬で治るようになったんですね」

「そうですね。これは分子標的薬といって、白血病細胞を狙《ねら》い撃《う》ちし、その増殖を抑えて病状を安定させる効果があります。

　でもこのお薬だけで白血病細胞を完全に除去するのは、なかなか容易ではありません。彰君はまだお若い。条件が合えば、骨髄移植という治療選択肢もあります」

「骨髄移植……ですか」

　高草木は横の彰を見てから、またロミに向き直った。

　彰はずっと無言でうつむいている。城央医大病院に入院していた時、ロミが一人で見舞いに行った際には会話を交《か》わすことができたが、母親の前ではロミとも話をしたくないらしい。

「城央医大病院の血液内科にも、骨髄移植専門のドクターや骨髄移植カウンセラーの方がいらっしゃいますので、一度ご相談されてはいかがですか」

「……分かりました。いろいろありがとうございます」

　二人が席を立った時、ロミはふと玄関横のガラス窓の向こうの人影に目をやった。

　茶色のジャケットを着て山高帽を被った四、五十歳くらいの男性が、人目を忍ぶようにそこに佇んでいる。

「あの人、たしかこの間も薬局の外から窓越しに中を窺っていた人だ」

　一人呟く。すると男性はこちらの視線に気付いたのか、踵《きびす》を返《かえ》すとうつむくようにして通りの向こう側へ去って行った。

高草木母子は、その男性には気が付かなかったらしい。二人はロミの三番窓口カウンターを離れると、会計カウンターの方へ向かった。

その日のロミの小講義「医薬トリビア」は、骨髄移植についてであった。このテーマを取り上げたきっかけは、やはり高草木彰のことが頭にあったからだ。

骨髄移植とその治療についてはこれまでにも概要を知ってはいたが、もし彰が骨髄移植を受ける気になったら、薬剤師として自分にも何かアドバイスができないだろうかとロミは考えた。そんなきっかけから、「医薬トリビア」で骨髄移植を取り上げ、それについて自分でももう少し詳しく勉強してみようと思ったのだ。

そうしてにわか勉強ではあったが、前回同様二人の女子実習生の古村と山里を前に、ロミはちょっとかしこまって講義を始めた。

先ず学生たちに対し、

「骨髄移植って、どんな医療行為なのか具体的に説明してください」

と問う。少し考えた末に、先に古村が、

「ドナーの骨髄細胞を、レシピエントに移植する治療……？」

と、自信のない答えを返した。山里もいったん首を傾げてから、古村の解答にゆっくりとうなずく。

「じゃあ、どうやって骨髄細胞を移植するか分かる？」

さらに訊くと、二人はまた首を傾げて今度は黙っている。

「解答がないようですね。では私から説明しましょう……」

言ってやや間をおいてから、ロミは解答を披露する。

「まずドナーの腰のあたりから、腸骨の骨髄に太い針を刺し通して、そこから骨髄液を採取します。そしてこの骨髄液を、レシピエントの静脈内に点滴で入れて行く。この医療行為を、骨髄移植と言います。

ドナーとレシピエント間のＨＬＡ型すなわち組織適合性がマッチしなければ、移植はできない。たとえマッチしても、一卵性双生児間の移植でない限り、レシピエントは免疫抑制薬の服用が必須《ひっす》となります」

正解を返せなかったせいか、学生たちは背筋を伸ばし、かしこまって聴いていた。

「レシピエントつまり移植を受ける患者さんは、移植の前に多量の抗がん剤や放射線照射治療を受けていて、それによって自分の骨髄細胞はすべて死滅している状態なんです。

そこにドナーの骨髄細胞を、末梢《まっしょう》の静脈血管から点滴で移植する。そうするとドナーの骨髄細胞はレシピエントの全身を回って骨髄まで到達し、そこに生着してドナーの血液細胞を作り出します。だから移植後は、レシピエントの血液細胞は全《すべ》てドナー由来の細胞に置き換わるというわけなの」

学生たちはメモを取っている。ロミは怪訝《けげん》そうにその様子を見た。

「この子たち、四年生までに骨髄移植のことをちゃんと教わってこなかったのだろうか。それとも、実習が終わって大学に戻ってから教わるのかな。

まあいいや、ここで覚えてくれれば」

心中呟きながら、講義を続ける。

「さて、ここからは本当の『トリビア』ね。

例えばドナーが女性でレシピエントが男性だとすると、レシピエントは骨髄移植を受けた後、ドナーの女性の血液細胞を一生持つことになるのです。

両者のＡＢＯ式血液型《けつえきがた》が違えば、レシピエントの血液型は移植後にはドナーの血液型になります。例えばＡ型のレシピエントがＢ型のドナーの骨髄細胞を移植されれば、レシピエントの血液型はＢ型に変わる。

でも当然のことながら、血液細胞以外の細胞は全部元からあった自分のものです」

実習生はなおも興味深そうに聴いていたが、この小講義の内容には、ロミ自身も高草木の件がきっかけで独自に勉強して得た知識が含まれていた。

## 5

それから二ヵ月が過ぎた。

ロミは高草木母子のことが気になっていたが、二人がロミの三番窓口カウンターを訪れて以来、あの母子には会っていない。薬局員に訊ねてみたところ、安藤おばちゃんが、一度二人が薬局に来た際に四番窓口カウンターでイマチニブを渡したと言う。

「その時の二人の様子はどうでしたか？」

薬局が空いてきて、交替でお茶の時間になった時、ロミはおばちゃんに訊いてみた。

「そうねえ、あなたからあの彰君という高校生が不登校だということは聞いていたから、私もその後の彰君の様子をお母さんに訊ねてみたのよ。そしたら、彰君、骨髄移植を考えているらしいの」

「まあ、そうでしたか。でもドナーはどうするつもりだったのかしら。骨髄バンクに登録したのかな……」

ロミが独り言のように言うと、おばちゃんはすぐに話に乗ってきた。患者情報には守秘義務があり、薬局外では口外できない内容だ。

二人は声を落として話を続けた。

「もし親族以外のドナーを探すとなると、骨髄バンクに登録してもいつになるかわかりませんね」

「そうよね、早くドナーが見つかるといいのだけれど……。他人のドナーの場合は、マッチングが適する確率はとても低いんでしょ」

「数万人に一人とも言われてますからね」

「まあ、そんなに低いの」

「ええ。でもお母さんならどうかしら。ドナーとレシピエントが親子で一親等の関係なら、マッチングの確率は三十分の一になります」

「それがねえ……」

おばちゃんは渋い顔をした。

「私もそのことを高草木さんに訊いてみたのよ。そうしたら彼女、やはり城央医大病院で組織適合性の検査を受けたんですって。でも残念ながら、お母さんと彰君のＨＬＡ型のマッチングは、骨髄移植には適さなかったそうよ」

「そうでしたか……」

ロミの瞼《まぶた》には、気の弱そうな、人生に半分投げやりになっているあの彰の顔が浮かんだ。

これまで彼の人生に何が降りかかったのかは分からない。だが、身体すらも突然重い病《やまい》に侵されてしまった彰の不遇さを思うと、運命の無慈悲さを憐《あわ》れまずにはいられなかった。

「彰君は今、どうしているだろう」

おせっかいな自分自身を振り切ることができないロミ……。

薬局が捌けてから、自分の携帯から高草木に電話してみたが、電源が切られているようで相手は出なかった。


おばちゃんから高草木母子の情報を得た日の翌日、ロミは在宅医療でまた高草木家の近くに行く用事があったので、その帰りに同家に寄ってみることにした。

近くの公園前のパーキングに乗ってきた薬局の軽自動車を停め、道路を渡って高草木家の方に歩いて行くと、同家のフェンス越しに家の中をこそこそ覗いている一人の中年男の姿が目に入った。

男はロミに気付いていない様子だ。

庭の植え込みの陰に隠れるようにして、相変わらず中を窺っている。男は、こげ茶色のジャケットに黒いズボンをはいて、山高帽を被っていた。

その姿にどこか見覚えのあったロミは、

「あの男だ」

と心中叫んだ。

二ヵ月ほど前、高草木母子が薬局に薬を取りにやってきて、ロミが三番窓口カウンターで応対していた時のことだ。男は、薬局の外からガラス窓越しに高草木母子の様子を盗み見ていた。そしてロミと視線が合うと、逃げるように道の向こう側に消えたのだ。

確かその前にもそんなことがあったっけ……

あいつだ、間違いない。

ロミは男の後ろからそっと近寄ると、いきなり声を掛けた。

「ここで何をしているのですか」

男は飛び上がって後ろを振り向き、ロミの姿を見つけて、咄嗟《とっさ》にその場から逃げ出そうとした。その手を素早くロミがつかみ、口論となる。

「あなた誰？　高草木さんに一体何の用？」

「き、君こそ何しにここへ……？　ちょっと、その手を放しなさい」

「放しません。こんな所から中を覗いたりして、怪しい！」

「放せと言うに」

すると二人が争う声を聞きつけたのか、玄関の扉が開いて、高草木が表に出てきた。

6

「とんだところを見られてしまいましたね」

高草木が、隣のソファーに着いて殊勝《しゅしょう》な態度を見せている中年男に目をやりながら、対面のイスに掛けているロミに向かって言った。

高草木の家のリビングはこぎれいに片付けられていて、テーブル、四脚のイス、ソファー、茶ダンスなどが整然と置かれてあった。

陽光が庭の芝生に降り注ぎ、外は汗ばむくらいの暑さになっている。だがリビング内はエアコンが弱めに回っており、心地良い室温が保たれていた。

「私の方こそ、知らなかったとはいえ、大変失礼をいたしました」

ロミは、自分が捕まえた中年の男をばつが悪そうに上目遣いに見ながら、謝罪の言葉を述べた。

「まさかこの方が、高草木さんの別れた元ご主人だったとは……」

「いいえ。私の方こそ、主人はもう亡くなったなんて、あなたに嘘《うそ》をついたのがいけないんです」

高草木の元夫と呼ばれた中年の男は、依然情けなさそうな表情で黙っている。

「オレは死んだことになっていたのか」

しばらくして、その男性が寂《さび》しそうにつぶやいた。

「申し遅れましたが、私はこの人の元夫で彰の父親の昭夫《あきお》と申します。この家には婿養子《むこようし》で入ったのですが、やがて義父母が亡くなり、この女房とも三年前に別れて、今では都内のアパートで一人暮らしです」

「私は成都調剤薬局の薬師寺と申します。さっきは本当にごめんなさい」

昭夫は苦笑いしながら返す。

「いいえ、私の方が不審者でしたよね。あなたに疑われたのも無理はないと思います。私の方は、あなたのことを存じていました。

彰が倒れた時にずいぶんお世話になったようで、本当にありがとうございました。もしあの時あなたがこの家を訪問してくださらなかったら、彰はどうなっていたか……」

そこで高草木が再び話に割って入った。高草木は昭夫に向かって言った。

「私がいながらあの子の発病に気が付かなかったなんて、今回に限ってはあなたに向ける顔がないわ」

皆一瞬黙り込む。

ややあってロミが、疑問を一つ口にした。

「昭夫さんは、元はこの家にお住まいだったんですよね。それなのになぜ、さっきはご自分が住んでいたこの家の中の様子を、外から隠れてのぞき見したりしたのですか」

「いや、それは……」

昭夫が返答に詰まっていると、高草木が代わりに答えた。

「この人、彰に合わす顔がないんです。私と離婚する前は、本当にひどい父親でしたから。いやね、当時はこの人証券会社に勤めていたものですから、普段は一生懸命働いて結構な高給を貰《もら》ってきていたんです。
　ところがいつ頃からかギャンブルに手を出すようになって、競馬、競輪、競艇いろいろのめり込んでました。初めは私や息子には黙ってやっていたのですが、そのうち小遣いだけではとても足りなくなって給与に手を出すわ、サラ金からお金を借りるわで、段々と家計が崩壊して行きました。
　酔っぱらって家に帰ると、賭《か》け事《ごと》で負けた憂《う》さを私や彰にまで八つ当たりする始末でした。そんな状態でしたから、やがて会社からも解雇されてしまい、益々《ますます》荒れて行きました。それからというもの、息子は父親を恐れ、嫌い、段々と軽蔑《けいべつ》するようになって行ったんです。無理もないですよね」

「おいおい、そのくらいにしておいてくれ」

　昭夫が懇願《こんがん》するように言うと、高草木は容赦せずに言い返す。

「こんなものじゃとても足りないよ。本当にひどかったんだから。あんたのお陰で、あの時家族は完全に崩壊していたわ」

　ロミは思わず昭夫の顔を見やった。髪はやや薄くなっていたが、目は子供のように人懐《ひとなつ》っこく、この人がとてもＤＶなどするようには見えない。

「それで、この家を覗いていた理由は……？」

　ロミが話を戻すと、昭夫は情けなさそうな顔をしながら説明した。

「息子は今でも私のことを許していません。この人は」

そう言って元女房の高草木を見やってから、

「あれ以来私が反省して心を入れ替え、ギャンブルと酒を一切断って運送会社の派遣社員として働いていることを知り、この人だけはようやく時々会ってくれるようになったのです。でも、息子はだめでした。

それで、彰の病気のことでこの人と相談する時には、あの子が留守なのを確かめてから、私がこの家を訪れることになったというわけなんです」

こうした二人のやり取りや高草木家の内情を聴いているうちに、ロミが抱いていたいろいろな疑問は段々と解けてきた。

「それで、彰君が家にいないかどうかを外から窺っていたのですね」

昭夫は肯く。

「高草木さんが、ご主人は亡くなったと私に言ったことがありましたが、なぜそんな嘘を……」

今度は高草木が応えた。

「ええ。あの時、私と息子の間では、『お前のお父さんはもう亡くなったと考えることにしよう』、という申し合わせがあったのです。それほど私たちは、この人から決別しようと心に決めていました」

あまりのこととて反論もできず、昭夫は言葉を詰まらせてうつむいた。

「ちなみに、彰君は今どこに……」

そこで高草木の顔が少しだけ緩《ゆる》んだ。

「ええ。重い病に罹《かか》ってからというもの、あの子の何かに変化が起きたようです」

「もしかして、不登校が解けたのですか」

　高草木は小さくため息を吐いた。

「私もそれを望んでいたのですが、やはり今までと同じ高校に通うことはできませんでした。でもあの子、どうしても大学には行きたいというのです。それがね、薬師寺さん」

　そこで高草木はロミの顔をじっと見た。

「はい……」

「彰は、薬学部を受験したいというのです」

「えっ、彰君が？」

「ええ。入院中にあの子の担当になった病棟薬剤師さんや、あるいは薬師寺さんあなたに、息子は何か影響を受けたのかもしれません。

　もちろん私がそれに反対する理由はありません。でも薬学部を受験するには、まず高校卒業程度認定試験に合格しなければならないでしょう」

「そうですね」

「そこで彰は、自分でネットを調べたらしいんです。それでサポート校の存在を知って……」

　ロミは首肯する。彼女自身は不登校を克服し、普通科の高校を出て薬学部を受験したが、サポート校のことも考えたことがあった。

　サポート校とは、高校に行かずに高等学校卒業程度認定試験合格を目指す人を、学習の面などからサポートする教育施設のことである。そこは必要最低限の出席数だけ求めて、その他の時間は休んでも何時に学校に来ても構わない。

学校といっても校舎やグラウンドがあるわけではなく、サポート校には通常、言ってみれば塾のような教室が一つ二つあるきりだ。それ以外に学習のための机やパソコンはあるが、これらを使う時間帯は生徒の自由だ。学校に行きたくない時には、家でリモート学習やプリント学習を行う。

サポート校の先生は生徒の友人か先輩のような存在で、勉強のことだけでなく日常生活から志望校の相談まで、時間をかけて親身になって聞いてくれる。

「彰は、今日はそのサポート校に出かけて行きました。今までの高校に行く時とはまるで違って、とても楽しそうで、毎日のように登校して行きます」

「……そうだったんですか。それは本当に良かったですですね」

ロミはしみじみと言った。

## 7

「その後彰君の病状はいかがですか」

「ええ。薬師寺さんの薬局で出してもらったイマチニブというお薬で、病状は安定しています」

「それを聞いて安堵《あんど》しました……」

本当に良かったとロミは喜ぶ。

「健全な精神は健全な肉体に宿る」という言葉があるが、その意味の解釈はいずれにしても、早く彰の身体と心が共にベストな状態に戻ってほしいとは、ロミの偽らざる思いであった。

「その状態がずっと長く続くことを願うばかりです」

　そうしてロミは述懐を続けた。

「ところでこれは余計なおせっかいかもしれないのですが、以前も高草木さんにご助言させていただいたように、彰君のような若い患者さんは、将来骨髄移植も治療の有力な選択肢ですね」

　だが高草木も昭夫も、それはすでに承知のことのようであった。高草木はうなずくと、

「ええ。薬師寺さんからそのことを伺って、私も血液内科のカウンセラーの方に相談してみました。そうしたら、医師とも相談の上まずは骨髄バンクのレシピエントとして登録することを勧められました。

　でも、血縁のないドナーとのマッチングの確率は低いことも聞いていたので、その後私から息子への骨髄提供の意思がある旨を先生にお伝えしました。

　ところが実際に私が検査を受けてみると、母子でありながらマッチングは良くなかったのです」

　そのことは、ロミも薬局の安藤おばちゃんから聞いて知っていた。

「当の彰君自身は、骨髄移植を受けることについてどう思っているのですか」

「はい……。今までは、私が何を言っても拒絶している状態でしたから、いまさら私の言うことなど聞かないのではないかと心配していたのですが……」

「受け入れてくれたのですね」

「……はい。それは、彰に将来の目標ができたからだと思います」

　少し考えてからロミは訊ねた。

「薬剤師になることですか」

「ええ。イマチニブは息子にとって頼りになるお薬です。でも彰の病は、薬師寺さんもご存知のように、イマチニブを一生飲み続けなくてはならないかもしれないという不安を抱えた病気なのです。そのうえ、いずれお薬が効かなくなってくる恐れもあるそうですし。

将来薬剤師になって、薬で多くの人々を助けるためには、自分の健康に関わる不安を払拭《ふっしょく》することが先決であると、あの子はあの子なりに考えたのだと思います。そのためには、他人様のご厚意を受け入れて骨髄移植を受ける。そう決心してくれたのだと、私は思っています」

ロミは微笑んだ。人は、夢を、目標を持った時から、強く生きられる。

「でも……」

そこで一つ懸念を口にする。

「お母さんが骨髄ドナーになれないとすると、骨髄バンクからドナー発生の連絡を待つしかありませんね」

すると高草木と昭夫が顔を見合わせた。それを合図に、今度は昭夫が訥々と語り始めた。

「私は、離婚したもののこの人と彰のことがずっと気にかかっておりました。一方私が失職し、酒を飲んで家で暴《あば》れるようになって以来、彰は私とは口を利かなくなりました。この人と離婚してからも、彰の私に対する態度は変わりません。いえそればかりか彰は、私に会おうともしませんでした。

そんな折、彰が不登校になったらしいという噂《うわさ》を聞きつけた私は、思い切ってこの人に電話を入れてみたのです」

昭夫は横に座る高草木をちらと見てから続ける。

「最初はけんもほろろでしたが、この人も彰のことではいろいろと悩んでいたようです。その原因は私にあるのですが、それでも今では酒をやめて真面目《まじめ》に働いていることを伝えると、この人も段々と私の話を聴くようになって、たまに彰の将来のことで会って相談を受けるようにもなりました。

そんな中、この人から彰が家で倒れたという連絡を受けたのです。

私は慌てて病院に駆けつけ、彰に会いました。正確に言うと、会ったというより意識のない彰の傍《そば》によって声を掛け、手を握ったと言うべきでしょうか。

その時彰は死に瀕《ひん》していて意識が無かったから、私は彰の顔を見ることができたのです。もし彰が気が付いていたら、私に会うことを拒絶したでしょうけれど」

「昭夫さんは、時々お母さんと薬局に来られた彰君を、薬局の外から見てらっしゃいましたね」

そのことを指摘すると、昭夫は苦笑した。

「あんな形で姿を見るより他、息子に会える機会はありませんでしたからね」

「今でもまだ彰君に会えずにいるのですか」

その問いに、昭夫は黙ってうつむく。が、すぐに彼は面を上げた。

「もう一人の肉親である私が彰の骨髄ドナーとなれば、彰の健康を取り戻せるかもしれない。この人とは……」

昭夫は高草木を見ながら、

「時々会って、そのことを相談しました。そして私が彰の骨髄ドナーとなれるかどうか、城央医科大学病院で検査をしてみたのです。喜ばしいことに、結果はオーケーと出ました」

「そうでしたか。そのことは彰君には……」

「まだ伝えていません。今日はそのことを相談するために、この人に会いに来たのです」

昭夫はまた、高草木を横目で見た。

「そこへ私が余計なことをしてしまった、というわけでしたか。本当に申し訳ありませんでした」

ロミがかしこまって再び頭を下げると、昭夫は、

「そんなことはありません。こちらこそ怒鳴り返したりして失礼しました」

と、また恐縮しながらお辞儀をして返した。

そこで三人の間にしばしの沈黙ができた。それは、それぞれが思い思いの回想に耽っていた時間でもあった。

やがて高草木が、昭夫に言い聞かせるように語り出した。

「昭夫さんが、私や彰の様子を時々家や薬局の外から窺っていたように、私もあなたの仕事の様子などを離れたところから見ていました。そうして、自分よりも若い人から仕事の指図をされながら汗を流して働いているあなたを見ていると、以前あなたと私と彰の三人で楽しく夕飯の食卓を囲んでいた時のことを思い出したのです。

あんなふうに親子三人また食卓を囲むことはできないだろうか。しかもあの時とは違って、私たち三人は弱いところも嫌なところもお互いすべてさらけ出してしまった後なのです。以前よりも、もっと結びつきの強い家族に、きっと成れるに違いない。

そんなふうに考えるのは、欲張り過ぎなのでしょうか……」

　高草木はロミの方を向いた。

「そんなことありませんよ。彰君はきっと、お父さんのところに戻ってくるに決まっています」

　ロミが返すと、高草木は今度はゆっくりと昭夫に視線を向けた。高草木の眼差《まなざ》しは、

「私は、今ではもう過去のあなたを咎めたりはしない。後は、あなた自身が彰にどれほどの思いを馳《は》せていたかを、直接息子に素直に語る番です」

　と、昭夫の背を押していた。

「昭夫さん。彰はもう間もなく帰ってくると思うけれど、どうしますか」

　壁にかかっていた時計を見ながら、高草木が訊ねた。

　以前までの父親の行いを許せず、自らも不登校になってしまった彰に合わせる顔が今の自分にあるのかどうか。そして彰は自分の骨髄細胞を受け入れてくれるのかどうか。

　昭夫はしばらく黙って考えていたが、やがて覚悟を決めたように言った。

「今日は彰と会って話をする。昔のオレを詫《わ》び、今のオレを見てもらう。

もし彰がオレの骨髄細胞を移植されたら、その細胞は一生あの子の身体に居続けることになるだろう。オレはあの子と生涯一緒にいていいのか。それに値する人間なのか。今のオレを嘘偽りなくさらけ出して、それをあの子に判断してもらう。今オレにできることはそれしかない」

　昭夫のその言葉をかみしめた高草木は、目に涙を浮かべながら、ゆっくりとうなずいた。

　ロミは回想する。

　あの時薬局で高草木に、

「何かお悩みのことなどおありですか？」

とおせっかい心の声掛けをしなかったら、その後高草木の家をアポもなく訪問しなかったら、今頃はどうなっていただろう。

結果オーライだったのかもしれないけれど、やっぱりあの時おせっかいをしていてよかった……

おもむろに腰を上げると、ロミは二人を振り返って呟いた。

「どうやら、私はもうこれ以上、ここにいない方がよさそうですね」

処方 No. 3

# 冷めた実習生

# 1

「城都薬科大学五年生の森野大輝《もりのだいき》といいます。よろしくお願いします」
皺《しわ》のない真っ白な白衣、髪は七・三に分けて黒く、ピアスももみあげも無し。髭《ひげ》はきちんと剃《そ》ってあって、整髪料や香水のにおいもしない。

外見と身だしなみは合格だ。

「私は今日から一週間、当薬局にて森野君の実務実習指導を担当することになった、薬剤師の薬師寺です。私も出身大学は森野君と同じ城都薬科大学よ。よろしくね」

「薬師寺先輩ですね。でもここでは薬師寺先生と呼ばせていただきます」

「別に。薬師寺さんでもいいのよ」

「いえ。大学の実習教育担当の先生からは、実習先で薬剤師の方々をお呼びする時には何々先生とお呼びするように言われていますので」

正しい敬語を使ってはいるが、定型文を読み上げているような、どこか紋切り型の言い方だ。

「そう。それならそれで結構です」

了承すると、初顔の実習生に対していつもそうしているように、森野を連れてまず薬局内を見せて回ることにした。

梅雨が明ければ、夏はすぐそこだ。その日は梅雨の晴れ間で、朝から太陽が真上に近い方向から照り付けていた。

薬局の前の通りを往来する女性たちは日傘を差し、男性は上着を脱いでノーネクタイのワイシャツ一枚姿だ。だが薬局内は、程よい室温となるようエアコンが作動している。

成都調剤薬局に実務実習生として配属された城都薬科大学五年生の森野大輝は、その日から一週間、ロミの指導の下、薬局での実務実習に就くことになっていた。

薬学部生は、二ヵ月半の調剤薬局実習と、同じ二ヵ月半の病院薬剤部実習を実施して、実務実習の単位を修得しなければ卒業要件が調わない。

通常は、まず同じ薬局で二ヵ月半の実習を行う。だが、小さな薬局に配属された場合は、その薬局だけで定められたカリキュラムの内容を全てこなすのが困難なこともある。

そういう時には、同じ系列の薬局などと連携し、今週は系列のA薬局、来週は漢方薬を備えたB薬局、というようにいくつかの薬局をローテーションしてすべての実習カリキュラムを網羅《もうら》する、という実務実習方式を採る。

学生の側から見ると、週ごとに実習先の薬局を移動するのは大変だが、いろいろな薬局を見て回れるのはメリットだ。六年次に就職活動を展開する際にも、実務実習で複数の薬局の情報を握っておけば有利だ。

森野の場合には、この系列薬局ローテーションカリキュラムにより、今週だけ成都調剤薬局に実習生として配属になったのである。

実習といっても大学内の実習とは違い、実務実習の場合は当然のことながら実際の処方せんと患者を相手にする。

従って、実務実習に臨む学生は実習を行う前に、四年生を修了した時点で一定以上の知識、技能、態度すべての修得が必要となる。これらの試験にパスした学生だけが、晴れて五年生に進級して実務実習に臨むことができるのだ。

この試験は、言ってみれば運転免許の仮免試験みたいなものである。仮免に受からなければ路上には出られないのに似ていて、四年次の知識、技能、態度の試験に合格しなければ実務実習には行けない。

実習生が調剤薬局や病院薬剤部で接遇する患者は、当然のことながら薬局の人間ではない。だから患者の前では、身だしなみはもちろん言動にも格別の注意を払わねばならないのだ。
患者に不快な思いをさせることは、その薬局の評判を傷付けることになる。そのため実習生たちは、薬学の専門知識だけでなく患者と接する上で見苦しくない身だしなみや言葉遣いを要求される。

こういった薬局実習生のいわば基本的なチェックポイントを、森野はすべてクリアしているはずだ。だがその言動に、ロミはどことなく違和感を覚えた。

「ここは調剤室。あ、言わなくても分かるよね。ここではいろいろな医薬品が、薬効ごとに仕分けされて薬品棚に並べられています。

ところで、今医療用医薬品として薬価基準に収載されている品目はいくつあるか、森野君知ってる？」

「約一万三千品目です」

森野は即答する。こんな子は初めてだ。大概の実習生はそこで戸惑うのだが……

「正解。それだけたくさん医薬品があるのに、その数は毎年増えて行って減ることが無いのだから、『薬剤師は日々勉強』と言われる意味が分かるでしょう?」

言いながら、ロミは森野の先を歩いて行く。森野は周りをきょろきょろ見ながら、黙って後を付いてきた。

やがて二人は室内をざっと見て回ると、調剤室に隣接している一回り小さい部屋へと移った。

「こっちが製剤室です。またいきなりだけど、医薬品の剤形をいくつか言ってみてくれる?」

「内服薬の剤形には錠剤、カプセル剤、散剤、顆粒《かりゅう》剤、液剤などが、一方外用薬には軟膏《なんこう》、貼《ちょう》付《ふ》剤、坐剤《ざざい》、吸入剤、うがい薬、舌下錠、エアゾール剤などが、そしてこのほかにも注射剤、点眼剤、点鼻剤……」

「よく勉強している様ね」

素直にほめたが、森野はとくにうれしい顔をするでもなく、右横の自動分包機に目を近付けたりしてロミの言葉には無反応であった。

森野は、薬局内を紹介しながら唐突に飛んで来るロミのどんな質問にも、ほぼ完璧な答えを返してきた。学部時代には決して優等生とは言えなかった優男の美原やお調子者の湯川が、森野の優等生ぶりをそばでぽかんと口を開けて見ていた。

こうして間もなく一通りの薬局内見学をすませると、ロミは局内にある会議室兼講義室兼休憩室に入った。森野もそのすぐ後から続く。

この部屋は六十平米ほどの広さで、真ん中に六人掛けのテーブルとイスが置かれ、壁際にはホワイトボードの他にテレビや冷蔵庫もあった。

実習生がいない時には、薬局員が時々お茶を飲みに来たり昼食を摂ったりする部屋だが、午前中は大概がらんとしている。午前中、局員はみな調剤や患者応対に追われ、休む暇などないからだ。従ってこの時間帯には、実務実習生に講義する格好の場として利用されることが多い。

二人だけになった「講義室」で、森野をテーブル脇《わき》のイスに着かせると、ロミはホワイトボードの前に立ち、Ｂ４紙大の一枚の紙をテーブル上に滑らせて森野に渡した。

「いきなりだけれど、今から小テストをします」

ちらと相手を見やってから続ける。

「森野君は実習生としての大学の資格試験をクリアして五年生になったのだから、基礎学力が一定レベル以上であることは分かっています。でもこれは、当薬局に実習に来た学生さん全員に対して初めに実施しているテストだから、その旨了解してね」

森野はロミを見上げてからゆっくりとうなずいた。気のせいかその口元には、

「こんなものを今さら僕にやらせるんですか」

とでも言わんばかりの、不敵な笑みさえ忍ばせている。森野は持参してきたカバンから筆記用具を取り出した。

「時間は三十分です。では始めてください」

開始の合図に従い、森野は早速テストに取りかかった。

ロミは、部屋の壁かけ時計を見ながらホワイトボードの前のイスにかけた。

テストの内容は、薬の効き方に関する基礎的知識や薬局関係の法規など、実務実習生として必要な知識を問う問題で、全部で三十問である。今までの実習生の平均点は、七割弱程度だ。

そうして二十分もすると、森野は筆記用具をしまい出した。

テーブルの上には、テスト用紙一枚だけになった。まっすぐイスにかけ直すと、森野は正面に座るロミを見やった。

「終わりました」

ロミはテスト用紙に手を伸ばし、解答を確認した。

「全問正解よ」

## 2

森野の実務実習は調剤から始まった。

まず、処方せんを受け取ってから初期監査、薬歴、調剤、最終監査、そして服薬指導と投薬までの一連の流れを説明する。続いて、実際に患者が持参してきた処方せんに従って調剤させてみる。

今日の「調剤実習」では、森野は処方せんの初期監査や最終監査は行わず、まずは彼を調剤だけに専念させた。処方せん監査、最終監査、患者への服薬指導は、薬局にいる薬剤師が受け持った。

調剤実習指導におけるロミの役割は、森野が処方せん通り調剤できたかどうかをチェックし、もし間違っていたら正しくできるように指導することだ。森野が調剤した薬剤は、薬剤師による監査の後に実際に患者に手渡されるが、その際ロミは、森野の調剤の全工程を逐一《ちくいち》見て確認する。

調剤といっても、その工程のほとんどは「タマ取り」すなわち適切な錠剤シートを適切な枚数取り出して手元に持ってくる作業、である。

実際には、調剤カウンターの前に立って、処方せんを見ながら眼前の無数の薬棚に並べられた錠剤シートから、必要な錠剤シートを必要数抜き取って調剤カウンター上に並べて行くのだ。

おびただしい種類の医薬品が並ぶ中、どの位置にどの医薬品の錠剤が収まっているのかが分からず、実習生も最初は戸惑う。

森野も初めのうちは、トランプゲームの「神経衰弱」にも似た「タマ取り」に手を焼いていた。だが、それでも十枚ほどの処方せんと格闘するうちに、だいぶ慣れてきたようだ。

するとそれにつれて、森野の態度もだんだんと大きくなってきた。

「こんな仕事はロボットにやらせた方がいいんじゃないですか」

森野は、後ろで作業を見守るロミの方をちらと振り返ると、そんな減らず口をたたきながら次の処方せんへと作業を移した。

「確かにタマ取りをロボットにやらせている大手薬局もあるけどね。でも、この作業がどんなものか、実際に自分の手を使ってやってみないと分からないところもあるのよ。

例えばジェネリックなんか、どんどん新しいタイプが出てきているから、似たような名前や色、形の医薬品などをちゃんとロボットに覚えさせるには、対応がなかなか追い付かないケースもでてくるわけ」

「はいはい、分かりました」

森野はややふてくされたように返した。「はい」は一つでいい、とのどまで出かかってからその言葉を飲み込むと、後ろから森野の横顔を覗き見ながら言った。
「分かったなら、調剤に関する質問以外余計なことは言わないで、黙って調剤に専念してください」

午前中に調剤実習を終えた森野は、昼食休憩の後、午後は湯川薬剤師の指導の下で薬局の在庫管理に関する実習を行うことになっていた。

実習生の項目別実習指導は、薬局内の各部門でそれぞれの部署についている薬剤師が担当する。

森野の主担当指導薬剤師はロミだが、例えば午前は調剤でロミ自身の担当、午後は在庫管理で担当は湯川、翌日の午前はＤＩ（医薬品情報管理）部門で担当は美原、という具合だ。

調剤室での業務に忙殺され、ふと時計を見るともうすぐ五時だった。

一日の実務実習終了の時間は午後五時と決まっているので、森野の在庫管理実習もそろそろ終わるかなと思っていると、案の定、調剤室内のロミの下に憮然《ぶぜん》とした表情の森野が一人でやってきた。
「薬師寺先生。在庫管理実習が終わりました。湯川先生はもう帰っていいと言ってます」

ロミはちょっとびっくりして森野を見た。
「だめよ。あなたの指導薬剤師は私でしょ。湯川先生が帰っていいと言っても、最後に日誌を書いて、それを直接私に提出するまでは帰らないで」

「薬師寺先生。他の薬局では、実習生の日誌はウェブ上で記載して提出させてますよ。指導薬剤師もそれをウェブ上で添削してます。今時紙の日誌でやり取りするなんて、時代遅れじゃないですか」

「……また余計なことを言う」

心中思いながらその言葉を押しとどめると、ロミは仕方なさそうに一つ苦笑して言った。

「ごめんなさいね。時代遅れかもしれないけれど、うちの薬局では紙の日誌を実習生に書いてもらっているの。しっかりと字も書けない薬剤師にはなってほしくないというのが、神谷薬局長の方針なのよ」

聞いていた森野はまた不満そうな顔をして見せたが、それ以上突っ込んでも無駄だと思ったのか言い返しはしなかった。

「明日もこんなカンジなんですかね」

少しの間をおいてから、森野が訊ねた。

「明日の予定はすでに渡したプリントに書いてあるけれど、でもどうして？」

「いや、なんか生産性ないなと思って」

「え……？」

訊ね返そうとすると、森野は明るく笑って言った。

「お疲れさまでした」

調剤室を出て行く森野の後ろ姿を見送りながら、長く嘆息して独り呟く。

「あの子、どこか冷めてるんだよな……」

すると森野とほぼ入れ違いに、湯川が調剤室に入ってきた。

「あいつ帰った？」

いきなり訊ねてくる。

「ええ、たった今」

ロミはきょとんとした顔で応える。

「ねえねえ薬師寺先生、聞いてくださいよ。あいつ僕のことを完全にばかにしてます」

「あいつって、森野君のこと？」

「そうですよ。ほんとに感じ悪いったらないんだから。いくら薬学部トップクラスの優等生だからって、ああいう態度じゃ薬剤師には向かないよ。いや、絶対薬剤師になんかしたくないよ。ああいうやつ」

「どうしたんですか、湯川先生」

面食らっていると、湯川は目の前に垂れ下がってきた長めの髪を右手で払ってから、機関銃のように森野の陰口《かげぐち》をしゃべり出した。

「在庫管理業務は、医薬品保管庫のどこに何があるかを知るところから始まるでしょ。だから保管庫の整理や物の移動から実習を始めたわけ。

物を上げたり降ろしたり、段ボール箱をワゴンに積んだり運んだり、いらなくなった段ボール箱は資源ごみとしてリサイクルするためにきちんとまとめて、余分なスペースを取らないようにしたり」

「ええ、そうですね」

湯川の早口は延々と続きそうなので、途中で口を挟む。それでちょっとブレーキはかかったものの、湯川はまたぺらぺらと続ける。

「そういうところから教え始めたんだけれど、森野ときたら力仕事を始めてものの二、三分も経《た》たないうちにこう言い出したんだ。

『湯川先生は、毎日こんなことをしているんですか。これって薬剤師の仕事じゃないですよね』と。

そこで僕は彼に、『これも薬局の仕事の一つなんだよ。薬品倉庫内がごちゃごちゃしていたら、何がどこにあるか分からなくなって薬局内の諸業務にも支障をきたすだろう』と教えてやった。するとあいつなんて言ったと思う？」

湯川は、青ざめた顔のこめかみに血管を浮き立たせてロミを見た。首を横にゆっくり振って見せると、湯川は、

「ク～ッ……」

と悔《くや》しそうに白い歯を食いしばり、右手で汚そうな長髪をバリバリかいてからやっとの思いで声を漏らした。

「奴《やつ》め、『国試に二回落ちた先輩にはピッタリのお仕事なんですね』と来た。僕が国家試験に二回落ちたことを、奴は知っていやがったんだ」

湯川は肩を落とすとぶるっと一つ震え、右手の甲で涙をぬぐう仕草《しぐさ》をした。

と、唐突に湯川は面を上げ、声を殺して問う。

「まさか薬師寺先生が、僕の国家試験のことを森野に話したんじゃないよね」

唖然《あぜん》としたロミは、激しくかぶりを振って湯川の疑念を払拭する。

「そりゃあ僕は決して優秀な薬剤師じゃあない。でも患者さんに寄り添った、患者さんが悩みを打ち明けてくれるような薬剤師になることを目指して、毎日汗水流して働いているんだ。学問ばかり積んで頭が重くなった、薬局のやの字も知らない青二才の学生に馬鹿《ばか》にされてたまるもんか」

他に気持ちのはけ口のない湯川は、ロミに向かって吠《ほ》えた。

そうした湯川の情けない様子を見ていてさすがに気の毒になり、慰めの言葉を返した。

「国試に何回落ちようが、薬剤師になれば薬のプロフェッショナルです。何も気にすることなんかありませんよ、湯川先生」

ところが、「国試に何回落ちようが」というフレーズに湯川はまたショックを受けたようで、

「もういいです。明日から森野の指導は薬師寺先生にお任せしますよ」

とぼやくと、こちらに背を向けてとぼとぼと調剤室を出て行った。

## 3

翌日朝、森野が時間通り現れると、ロミは森野を薬局内の会議室（兼講義室兼休憩室）に引っ張り込んでテーブル脇のイスに座らせた。

自分はいつもの通りホワイトボードの前に立ち、両手を後ろ手に組んで森野の前を右に左に行きつ戻りつする。

「湯川先生から聞きました。森野君。君、わざと湯川先生を怒らせるようなこと言ったでしょ」

だがロミの指摘に、森野は悪びれることもなく返す。

「別に湯川先生を怒らせようと思って言ったわけじゃありません。ただ本当のことを言ったまでですよ。まさか言論の自由は、この薬局にもありますよね」

「言論の自由？」

ロミは目を見張る。何を言ってるんだろう、この子……

「だってそうでしょ。僕たち実習生は、高い学費を払って薬局に指導を依頼し、ここに来ているんです。薬局側には相当なお金が入っているはずです。

しかし僕らは何も、お金を払ってわざわざ荷物運びの手伝いに来ているわけじゃありません。そのことを言ったからといって、僕が怒られるのは納得いきません」

「………」

口をへの字に結び、森野を見つめながら言葉に詰まる。

組んでいた手を解き、一呼吸おいてからロミはようやく口を開いた。

「実習生としてのあなたの言い分は認めます。でも薬局の薬剤師は、荷物運びだってしなくちゃならない。湯川先生は、そういった薬剤師の仕事を一からあなたに教えたかったんじゃないのかな？」

森野はロミの視線を真っ向から受け止めたが、ここで喧嘩《けんか》をしてはまずいと思ったのか、視線をテーブルの上に落とすと呟いた。

「湯川先生には、薬剤師という職業にプライドを持ってほしかったんですよ」

「え……？　プライド」

訊き返したが、森野はすぐには応えず言葉を探しているようであった。が、おもむろにまたロミに鋭い視線を戻すと続けた。

「薬剤師さんって、どこか卑屈なところがあるんですよね。結局は医師の指示に従って動いている使用人でしょ、薬剤師って。

それは確かに仕方がないことなんですけどね。だって医師の方が立場が上なんですから、薬剤師より。なにくそと医師に反発するくらいならまだ見どころがあるけど、卑屈になったり自分の立場をあきらめたりする薬剤師さんって、多くないすか？　段ボール箱運びが自分には合った仕事だと納得しているんですよね、湯川先生みたいに」

「違う、違う……」

ロミはそう言いたかったが、またすぐには言葉が出てこなかった。なぜか悔しいという思いが先に立ったが、気持ちを落ち着かせようと六秒待ってから、言葉を継いだ。

「あなたの言っていることは当たらないと思うな、森野君。

そもそも医師が上だの薬剤師が下だのって、それ意味あることなの？　私はそうは思わない。だって私たち医療人が仕事をしているのは何のため？　それは皆一緒で、患者さんの病気を治し気持ちを楽にしてあげることでしょ。その医療人に、上も下もないんじゃない？」

言い切ってまた森野の視線を捉《とら》える。二人は睨み合った。

しばしの沈黙……

先に口を開いたのは森野だった。

「もうこれ以上薬師寺先生に突っかかるのはやめます。そもそも、話がかみ合っていないんですからね。こういうことを先生方と議論しても仕方がありません。共感を持てる答えが返ってこないのは分かり切っていますから……。

僕もここに来たからには、単位がほしいですからね。僕の実務実習の合否を決めるのは、先生方です。薬局の先生に逆《さか》らって単位をもらえなかったら、話にならないですから」

森野は腕時計を見ながら、突然話題を変えた。

「ところで、今日の実習は何から始めますか」

「はぁ……？」

唖然としてしばらくは何も言い返せないロミ。

そんな彼女を、イスに座ったまま見上げている森野は、その口元に薄笑いさえ浮かべていた。

その後も森野は、与えられる課題を全て合格点でこなした。彼が自分の大学の後輩でもあることから、ロミは煮え切らぬ思いを抱きながら一生懸命森野に薬局業務を教えるのだが、森野は変わることなくどこか冷めていた。

森野は学部の成績も優秀で、やる気さえあれば有能な薬剤師になるとロミは感じていた。それゆえ、実習指導中はことあるごとに彼の向上心を引き出そうとするのだが、森野は、

「言われたことをちゃんとやっているんだから、これでいいでしょう」

と、煮え切らぬ態度だった。

実習二日目の夕方、森野がその日の実習を終えて帰って行った後、ロミはまだ薬局内のＤＩ（医薬品情報管理）室に残って文献を読んでいた女子実習生の古村と山里を見つけると、二人に声を掛けた。

「遅くまで感心ね。でも実習が終わったら、あまり遅くならないうちに帰りなさい」

古村と山里は、ローテーションでわずか一週間しかこの薬局にいない森野と違って、二ヵ月半じっくりとここで薬局実務実習の全工程を行う学生たちだ。もうだいぶ薬局にも慣れてきている。

薬局の居心地がいいのか、実習が終わっても残って勉強したり、薬剤師の業務を自主的に手伝ったりすることも多くなっていた。

「森野君とは何か話をした？」

ロミが訊くと、二人はかぶりを振る。

「あなたたちと森野君は同じ大学の同級生でしょ。話はしないの？」

さらなる質問に、少し考えてから古村が応じた。

「私も山里さんも、これまで大学で森野君と話したことはありませんでした。この薬局で初めて彼に会ったのですが、森野君は私たちともあまり話をしたがらないみたいです」

すると山里もそれに付け加える。

「ちょっと難しい子みたい……」

全く自分も同じ意見だったがそのことは口に出さず、さらに突っ込んで二人に訊ねてみた。

「森野君って、薬剤師に対して何か偏見のようなものを持ってない？」

「どうして薬師寺先生はそう思われるんですか」

古村が反問する。

「いえ、ちょっと心配になっただけ」

曖昧《あいまい》に返事する。あまり個人情報に言及するのもはばかられたが、森野の薬剤師に対するどこかうがった考え方を何とか直せないだろうかと思案に駆られるロミは、もっと森野に関する情報が欲しかった。

すると少しの沈黙の後、山里がポツリと言った。

「うわさに聞いたんですけど、森野君って医学部受験に失敗したらしいんです」

「医学部受験に？」

訊き返すと、山里はうなずいてから続けた。

「何でも、薬学部の一、二年生の時に医学部を受験したけれどどっちもダメで、それで医学部をあきらめたと思ったら、四年生の時にも受けてダメで、もう五年生なのにまた来年も受けるとか……」

ロミは絶句する。

薬学部に入学した学生の中には、数こそ少ないが医学部も受けて失敗し結局薬学部に入学した学生もいる。またそういう学生の中には、薬学部二年生になってももう一度医学部受験にチャレンジするいわゆる仮面浪人生が混ざっている。

だがそういう浪人生も、さすがに薬学部の三年生、四年生に進級すれば仮面浪人を諦《あきら》め、薬剤師になる道に人生を絞りこむのが普通だ。

ところが、山里が聞いた噂によれば、森野は何と五年生になった今でも医学部受験を諦めていないらしい。

二人の女子学生を帰した後、誰もいなくなったＤＩ室でロミはひとり考え込んだ。

## 4

薬学部一、二年生で医学部受験を考えている仮面浪人薬学生も何人かはいるが、それを五年生まで引きずるのは異例である。

森野に深く関わるのはやめようと一度は思ったものの、どこかに心の引っ掛かりを感じていたロミは、思い切って森野からその理由を直接聞き出してみようと考えた。

「これもいつものおせっかいだろうか……」

悩むロミ。でもやっぱりこのままじゃ終われない。

森野が実習に来てから三日目の午後、ロミは薬局の会議室（兼講義室兼休憩室）で、森野に対して切り出した。

「森野君。君はひょっとして、今でも医学部の受験を考えているの？」

言ってからロミは、森野から、

「誰からそんなことを聞いたんですか」

と反問されたり、あるいは、

「薬師寺先生とは関係の無いことでしょう」

などと返されて、訊ねたことに対する応えを拒《こば》まれるのではないかと案じていた。

だが、意外や森野はロミの追及に対してそれを素直に認め、さらに意を決したように心中を打ち明けた。

「ええ。次の受験シーズンも、医学部を受験しますよ」

「どうしても医師になりたいのね」

「はい。前にも言いましたけど、薬剤師は医師の指示の下でしか働けず、医師より身分は下、と自分は思っています。だから僕の最終目標は、医師になることです」

森野はきっぱりと主張した。そして付け加える。

「薬学部で学んだ経験のある医師なんて、そうざらにいるもんじゃないですよね。むしろかっこいいとは思いませんか」

医療に携わる者にはいろいろな職種があるが、その目的は共通で、患者の病気を治すということ以外にない。だから医療チームのメンバーには上も下もない。そう思っていたロミは、森野の主張に戸惑う。ましてや、格好がどうのこうのだなんて……

だがこの場でいくら森野を口説いてみたところで、恐らく彼の信念は変わらない。

ロミの心は揺れた。

森野には、薬剤師を尊敬する気持ちはないのだろうか。今まで森野は、自分が尊敬できる薬剤師に出会ったことはないのか。

では周りの薬剤師を眺《なが》めてみた時、それは果たしてどうだろう、と考えてみる。

決まったことだけやって、店の利益を最大限得ようとしている店長の神谷、仕事に情熱が感じられない優男薬剤師の美原、調子がいいだけの新人薬剤師の湯川、生活のためだけに働いているようなパートのおばちゃん薬剤師の安藤……。

　どのメンツを見ても、心から尊敬できる薬剤師が果たしているかどうか。自分だって、人からはどう見られているのか……

　森野の言い分にも一理あるのかもしれないと傾く気持ちを振り切りながら、ロミは言った。

「あなたの考えていることやあなたの言い分は、是非はいずれにしても、私は尊重したいと思う」

　森野は少し意外そうな顔をしてロミを見た。だがロミはすぐに言葉を継ぐ。

「でも誤解しないでね。今あなたは、薬学部のコアカリキュラムに従って、薬学部を卒業するための実務実習を実施しているのだから。それに合格しなければ薬学部を卒業することすらできないし、薬剤師の免許だって得られない」

「分かっていますよ」

　森野は平然と応えた。

「いずれ医学部に進学する考えだったとしても、今現在あなたが薬学部を卒業する意思があるなら、目の前のことをしっかりやってほしい」

　毅然《きぜん》と言い放つと、森野は落ち着いた口調で返した。

「お話はそれだけですか」

　森野はすっくとイスから立ち上がると、軽く一礼してから休憩室を出て行った。

午後五時。

実習生たちがその日の実務実習から捌けると、ロミは女子実習生の古村と山里を休憩室に集め、いつもの小講義「医薬トリビア」を開講した。するとそこへ森野が顔を出した。

「森野君。今日は終了よ。日誌を提出したら帰っていいです」

声を掛けると、森野は帰ろうとせず、そのままつかつかと三人のいるテーブルのそばに歩み寄ってきて言った。

「僕も参加していいですか」

「えっ……?」

一瞬戸惑い、古村と山里の顔を見る。

女子学生たちは、森野の申し出を拒むような顔は見せず、成り行きを任せたように静観している。

「……それじゃあ、筆記用具だけ出して、空いている席に座って」

参加を許可すると、森野は言われた通りカバンからノートとペンケースを出して、山里の隣に着いた。学生たちの対面に立ったロミから見ると、左から古村、山里、森野の順に席に着いたことになる。

森野が講義内容にケチをつける気ではないかと身構えながらも、

「受けて立ってやろう」

と内心奮起しながら森野を見やる。女子実習生たちも、森野を嫌な奴だと思っているようだが、仕方なさそうに静かに席を並べている。

その日の小講義「医薬トリビア」のテーマは、「世界初の薬剤師はいつどうして生まれたか」であった。

まさにトリビアの知識で、それを知っていたからといってどうということは無い。だが薬剤師なら、一度は聞いておきたい内容である。

この話題は、少し前に女子学生たちからトリビア小講義のテーマとして取り扱ってほしいと、要望が出ていたものである。ロミとしても、薬剤師が世に生まれた必要性や薬剤師に寄せる世の中の期待などを、学生と一緒に歴史的観点から考えてみるのはいいことだと思った。

森野を意識しながら、ロミは語り始めた。

「西暦一二四〇年のことです。イタリアのシチリア島で、当時の皇帝フリードリヒ二世という人は病気になった時お抱《かか》え医師から治療を受ける際、薬と称して毒を盛られるのではないかと恐れていました。

そこで、診断をして治療薬を処方する医師とは別に、その処方せんに基づいて調剤する人を法律で定めたのです。

当時のヨーロッパでは、政敵、夫人、部下、医師などによる王の毒殺が横行していたから、フリードリヒ二世はこれを避けるために医薬分業の制度が必要だと考えたわけね。

世界初の薬剤師には諸説あるけれど、このフリードリヒ二世の説はもっともよく知られていて、この説に従えば薬剤師はすでに七百八十年以上も前に存在していたということになるのです。因みにこの時の日本は鎌倉《かまくら》時代《じだい》で、三代執権北条《ほうじょう》泰時《やすとき》が在位中でした。

さてここで私が言いたいのは、そのころから薬剤師という職業を担う人は、時の王も信頼できるような人物だったということです」

古村と山里は興味深そうにうなずいている。

一方森野はと言えば、両足、両腕を組んで、どこか不敵な薄笑いを浮かべている。そこでおもむろに森野の右手が挙がった。

「森野君、何？」

ロミは神経をとがらせながら訊いた。すると森野はぬけぬけと言う。

「薬剤師もなめられたものですね。遥《はる》か昔に誕生した時から、薬剤師にはすでにそういう背景があったんだから、今の薬剤師の存在たるや、いかにもかくありなん、というわけか」

「どういうこと？」

訊ねると、森野は相変わらずふてぶてしい態度で返す。

「王も疑わぬ、毒にも薬にもならない、影の薄い存在ということですよ、薬剤師は」

「どうしてそういうふうにうがった捉え方をするの。私が言いたいのは……」

しかしロミに最後まで言わせず、森野は唐突に席を立った。

「文献を読んでいた方が勉強になりそうなので、これで失礼します」

背を向け講義室から出て行く森野を、ロミは二人の女子学生とともに呆《あき》れた顔で見送った。

## 5

翌日も、ロミは指導薬剤師として森野の後ろについて、彼の調剤実習を見守った。その日の処方せん監査は美原がやっているので、ここでの森野の実習生としての課題は、その処方せんに従って間違いなく調剤することである。

昨日は「医薬トリビア」の途中で去って行く森野につい短気を起こしそうになったロミであったが、

「森野君に短気を起こしたら彼の思うつぼ」

と自身を戒め、今日はまた気持ちを切り替えて彼の指導に当たっていた。

処方せんには、それを持参した本人に出す医薬品の種類はもちろん、用量、剤形、投与方法、投与日数などの情報も包含される。そして薬剤師は、これらの情報をくまなく調剤に生かす必要がある。

どの錠剤がどの棚の何番目に並んでいるかは身体で覚えて行くが、それとは別に揃える錠剤の数を投与日数から頭の中で計算する速さとその正確さも問われる。

がっしりした身体の森野の後ろからは、森野の身体が邪魔になって、調剤カウンター上に次々と並べられて行く医薬品に間違いがないかどうかをチェックしづらい。そこで顔を突き出して森野の手元を見るのだが、そんなロミを振り返ることなく森野は言う。

「薬師寺先生、そんなに顔を近付けてきたら調剤の邪魔になります」

はっとして顔を引っ込めるも、学生である森野の手順をすべて監査するのが指導薬剤師としてのロミの役目だ。今度は前よりもあからさまに顔を突き出して、指差し点検する。森野はため息をつきながら、調剤の手は止めない。

「ここまでは全SBOsクリアね」

SBOsとは、一つの実習項目をクリアするために満たされなくてはならない一つ一つの具体的な課題群のことを言う。例えば「調剤」という実習項目をクリアするためには、「処方せんに記載されている事項について説明できる」とか、「医薬品の用法用量について説明できる」といった課題が各SBOに相当する。そしてこれらの集合体がSBOsである。

ロミはチェックシートにチェックを入れながら、どこか感情の起伏に乏《とぼ》しい口調でこれまでの課題に対する森野の実習結果にOKを出した。別に間違いを期待していた訳ではないが、実習生らしからぬ手際の良さにはコメントのしようもない。

調剤し終わった二十枚ほどの処方せんを、ひとつひとつ薬剤と一緒にプラスチックトレイの中に入れると、森野は振り返ってロミを見やりながら以前と同じようなことを言った。

「ロボットでもできますよ、こんなこと」

いちいち反応することに疲れたロミは、それに応えることなく別の指示を出した。

「あなたが調剤を完璧にこなせることは分かった。それじゃあ、次は来局者対応から処方せん受け取り、処方監査、調剤、最終監査、薬の手渡しと服薬指導まで、すべて一人でやってみる？」

森野は、それとて簡単なことだと言わんばかりに、

「いいですよ」

と軽く応え、振り返ると接客カウンターのある待合室ホールの方へ向かった。ロミもその後に続いた。

来局者からの処方せん受け取りから薬の手渡しまでの工程には、通常数人の薬剤師による監査という手順が入る。

仮にこの工程を一人で通して行うと、本人には気付きにくいミスがどこかで生じてしまうこともあるので、監査は調剤した薬剤師本人以外の薬剤師が受け持つのである。

処方せん受け取りから薬の手渡しまでの全工程を実習生の森野に任せるからには、彼の指導薬剤師である自分が彼の仕事をしっかり監査していなければならない。万が一間違った薬を患者に渡してしまったら一大事だ。

ロミは、付きっ切りの覚悟で森野の脇に立った。

ちなみに、薬学部実務実習生が調剤した薬剤を患者に渡して使ってもらうことは、法規違反ではない。ただしその工程は、全て指導薬剤師が責任をもって監査していなければならないのだ。

糖尿病、高血圧、うつ症状、関節リウマチ等々、いろいろな疾患に対する治療薬の処方せんを持って患者が続く。

森野の患者接遇は、優しさや人の良さ、丁寧さといった人間味を感じさせるものではなかったが、マニュアルに則《のっと》った必要最低限のレベルを維持していた。

ロミは考える。

「けれど、こんな薬剤師に応対された患者は、ぜひもう一度この人に服薬説明してほしいから次もこの薬局に来よう、とは思わないだろうな……」

薬局薬剤師の中には、来局患者に対し薬の使い方と注意すべき副作用などを説明すると、すぐに患者を帰してしまう者も少なくない。患者としても、薬剤師の説明を長々とは聞きたがらない。

これは、患者が診療や検査で疲れて、薬局にたどり着くのは延々と時間が経過した後ということもあるが、薬の説明は説明書一枚渡してもらえば事足りてそれ以上薬局にいる意味がないと、多くの患者が考えているからだ。

だが、薬剤師が、

「健康の上で、他に何か問題はありませんか」

とか、

「何か悩み事はありませんか」

といった、処方薬とは一見関係のないようなことでも声がけしてあげることによって、患者の隠れていた思わぬ病態や家庭事情などを聞き出せて、それが治療に役立つこともある。

そしてそれは、少々おせっかいな性格のロミが来局患者に対していつも試みていることだ。こうしたきっかけから患者の方でも心を開き、

「次もあの薬剤師さんにお願いしようかな」

という気持ちになるケースも少なくない。

そんなことを考えながら、ロミは森野の横であまり口出しをせずただ患者に間違ったことだけは言わないようにと神経を遣っていた。

すると、ある患者から一枚の睡眠薬の処方せんが持ち込まれ、これが森野の担当となった。

処方監査して調剤し、それをロミが監査した後、薬剤は森野の手から当該患者に渡される。その際、森野から服薬説明が行われ、その後患者から質問を受け、疑問点などが解消されてから患者を会計へ回す、という流れだ。

出来上がった薬剤の薬袋をもって、森野は三番窓口カウンターに就き、モニターの電光掲示板

には当該患者の受付番号が表示された。森野の隣には、ロミがぴったりくっついていた。

間もなく森野の前に現れたのは、二十代の若い女性であった。処方せんから、五十嵐《いがらし》三津子《みつこ》という名であることが分かった。

背が高く痩せていて、白いワンピースにこぎれいな身なりをしていたが、長めの髪はやや乱れどこか視線が定まらぬ様子だ。化粧もほとんどしていないようで、若さの割には肌に潤いがない。

自分と同じくらいの年齢なのにいかにも不健康そうな彼女の様子は、

「うつ症状でもあるのかしら」

とロミを疑わせた。

だが森野はそんな相手の風体など全く気にするそぶりもなく、自分が実習生であることを名乗り、患者の本人確認をした後は、早速服薬説明にかかる。

森野は、まず調剤し終わった薬袋から、ニトラゼパムという睡眠薬の錠剤シートを何枚かゴムで束《たば》ねたものを取り出した。そして、その脇に置いた錠剤の写真と説明書きが記されたＡ４紙大のシートを五十嵐三津子に見せながら、薬の説明を始めた。

森野の説明は淡々と続く。

それは要領よくまとまっていて、薬剤師のロミから見てもうまくできていた。だがふと森野の顔に目をやったロミは、彼の視線がしっかり患者の方に向いていないことに気が付いた。

一方、患者である五十嵐三津子の方を見ると、これもどこか上の空で森野の方を見ていない。彼女はうつむき、その目線は窓口カウンターより下の、床の辺りを彷徨っている。

二人のやり取りを観察していたロミは違和感を覚え、

「ちょっと失礼します」

と断ってから、森野がカウンターの上に広げていた処方せんを手に取ると、それをよく見た。

「何するんですか」

と目を吊《っ》り上げ、小さな声で横にいるロミに抗議する森野。

五十嵐もさすがに少し驚いた様子で面を上げると、まず森野を、続いて自分が持ってきた処方せんを凝視しているロミを、順に見やった。

するとまさにその時、五十嵐は森野がカウンターの上に並べていた睡眠薬の錠剤シートの束をひっつかみ、それを持っていたカバンの中にすばやく放り込もうとした。

「ちょっと待ってください」

ロミの手は、錠剤シートをわしづかみにしている五十嵐の手首をつかんでいた。

「何をするんです」

「このお薬をあなたにお渡しすることはできません」

そう告げるロミを、五十嵐は抗議の眼差しで睨んだ。その手から、錠剤シートの束がカウンターテーブルの上に落ちた。

ロミはそれをすべて回収すると、唖然としてこちらを見ている森野をよそに、カウンター脇の固定電話の受話器を取って、どこかに電話していた。電話はつながらないようで、すぐに受話器を戻す。

今度は窓口カウンターに設置されているノート型ＰＣで何やら検索を始めた。しかしそれもすぐに終えると、ロミは改めて五十嵐に向き直った。

いったんは目を剝《む》いた五十嵐だが、もはや観念したように今はうつむいたまま顔を上げない。一方の森野は、目の前で起こっている出来事に何が何だか分からず、ただ目を見開いたままロミを見つめるばかりである。

ロミは声を殺して言った。

「五十嵐さん。この処方せんの処方医の欄には、ちゃんと医師の名が記され押印がなされており、電話番号も記載されていました。でも私がその医師に電話で疑義照会したところ、『この電話は現在使われておりません』との自動音声が流れてきました」

森野は驚いたように目を丸くして、五十嵐とロミを見比べている。五十嵐は黙ったままカウンターの下の方に視線を置いている。

ロミは続けた。

「インターネットでこの医師のクリニックを調べてみましたが、探り当てることはできませんでした」

「どういうことですか……」

森野が呟く。それを無視してロミは静かに言った。

「五十嵐さん。これはあなたが勝手に作った偽造処方せんですね」

「……じゃあ、この人は僕たちをだましていたんですか……」

驚いた森野が小さく叫ぶと、五十嵐は突然深く頭を下げて泣き声を出した。

「ごめんなさい、許してください。どうしても睡眠薬を多量に欲しかったんです。どうか見逃してください」

その様子にぽかんと口を開けたままの森野に構うことなく、ロミは五十嵐を見て再び抑えた声で言った。

「五十嵐さん。あなたは自殺しようとしているのではありませんか？」

## 6

五十嵐は、ロミと森野を前にしてカウンター席に座ったまま、しばし無言でうつむいていた。

ロミはその様子をじっと見つめた。

減らず口の多い森野も、流石《さすが》にこの時ばかりはどう対応したらよいのか分からず、ただ黙ってロミと五十嵐を代わる代わる見やるばかりである。

「よろしかったら、私に話していただけませんか」

長い沈黙の後、ロミがそっと訊ねた。五十嵐は、持っていたハンカチで両目を拭《ぬぐ》ってから、ゆっくりと面を上げた。

「申し訳ありません……」

こうして五十嵐は、偽造処方せんを使って睡眠薬を多量にため込んで自殺を図っていたことを、途切れ途切れの口調で述べ出した。傍《かたわ》らで聞いていた森野は、相変わらずただ茫然《ぼうぜん》とするばかりだ。

五十嵐は、室内インテリアの会社に就職したが、新型コロナウイルス感染症が流行り出してからは、リモートになじめず会社に友人もないまま、業績が不振な日々が続いた。

会社は休みがちになり、段々と人づき合いが途絶えて孤立し、生活費も枯渇していた。相談できる相手もなく、やがて彼女は、

「自分はもう死ぬしかない」

と思い詰めるようになっていた。

ロミは五十嵐に自殺を思いとどまるよう説得し、市の生活相談課の窓口を紹介して何とかそこへ赴くように取り付けた。

「薬師寺先生。どうして偽造処方せんと分かったのですか」

五十嵐を警察に突き出すことなく市の生活相談課に預けたあと、ロミと二人会議室兼用の休憩室に引き下がった森野は、驚いたような目でロミを見ながら訊いた。

「危ないところだったね。私も不甲斐《ふがい》ない。初めは全く気が付かなかったんだから。でも森野君。これは基本中の基本なのよ。言うまでもなく、薬剤師の調剤業務は、処方せんに疑いや不備が無いか確認するところから始まる。だから処方せんの偽造は、初めにそれを受け取った時に気付いていなきゃいけないのよ。あなたもこれからは気を付けてね、森野君」

休憩室のイスに座ったまま、森野は黙って下を向いていた。ロミは付け加えた。

「これからは、医療機関と調剤薬局の間で電子処方せんのシステムを使った調剤業務も可能となる。このシステムが導入されれば、偽造処方せんの問題はなくなるでしょう。でも電子処方せんが全国的に普及するまでには、もう少し時間がかかる。

うちの薬局でも電子処方せんが導入されていたら、今回のような事件は起きなかったでしょう

ね。怪我の功名で、患者さんの自殺をすんでのところで思いとどまらせることができたのは、幸運だったけれど……。

いずれにしても私たち薬剤師は、薬のプロフェッショナルとしてどんな医療過誤も起こさないという気概で、すべての薬局業務に臨む必要がある。あなたもその気持ちを忘れないでほしい」

森野は、ロミの言葉をこれまでになく神妙な顔で聴いていた。そしてこの事件があって以来、森野のロミに対する反抗的かつ冷ややかな態度は、徐々に鳴りを潜めて行った。


森野の成都調剤薬局実習最後の日、ロミは、薬局実習の合間に森野を城央医科大学病院の病棟薬剤師である久須美の下に連れて行き、その仕事内容を見学実習させようと考えていた。

久須美は城都薬科大学卒業生でロミの先輩であり、消化器内科病棟のがん専門薬剤師として活躍していた。

患者の薬物血中濃度を測定して薬物の投与設計を医師に提案するＴＤＭ（治療的薬物モニタリング）という業務や、様々な医薬品の最新情報提供（ドラッグインフォメーション：ＤＩ）業務などを、大学病院の医師たちを前に堂々とやり遂げる久須美の存在は、ロミの憧れでもあった。

アポを取っていたので、久須美は城央医科大学病院五階の消化器内科病棟エリアで待っていた。

ナースセンターから出てきた久須美に森野を紹介する。みなマスクを付けていたが、忙しいのに時間を割《さ》かれた久須美の目は厳しい。

挨拶もそこそこに、ロミと森野に背を向けると、久須美は黙って回廊をずんずん先に進む。ロミと森野も、置いて行かれないように必死について行く。

消化器内科病棟に入ると、病室の手前で早速久須美は若い医師に声をかけられた。

「あ、久須美先生丁度良かった。五〇三号室の石田《いしだ》さんだけど、ランダの点滴速度はあれでいい？」

「さっき病棟看護師さんに言ったんだけど、あの方クレアチニンが上がっててちょっと腎《じん》機能落ちてるみたいだから、点滴時間を一・二五倍に長くして」

年齢が近いからか、お互いため口である。

「ランダは抗がん薬のシスプラチンのこと。知ってるよね、シスプラチンの副作用」

ロミが森野に耳打ちする。

「腎障害です」

森野が囁《ささや》き声《ごえ》で答える。

「そう。だから腎機能が落ちてる患者さんには、点滴時間を長くしてできるだけランダの腎毒性が軽減されるように配慮する。血清クレアチニン濃度から腎機能低下の度合いを知って、ランダの点滴速度を計算で求める。そこは久須美さんの専門分野」

そんな説明を森野に耳打ちしているうちに、久須美はさっきの医師をやり過ごして病室に入って行く。ロミと森野が付き従っていることなど、まるで忘れているかのようだ。

ベッドに沈み込んでろくに話もしないような高齢の患者を前にしても、久須美は意思の疎通を図ることの困難さに少しも臆することがない。膝《ひざ》を折って目線を下げ、ていねいに患者に呼びかけて自分の来訪を告げる。

「どうですか？　苦しいところは無いですか？　おしっこは出てますか……」

話しかけながら、皮膚の色や弾力、浮腫《ふしゅ》の有無などを調べ、首から下げていた聴診器で胸部音を探る。

城央医科大学病院では、病棟薬剤師が生死にかかわる身体の変化すなわちバイタルサインをチェックすることが許可されている。薬物療法の成否や重大な副作用の有無を知る情報として、バイタルサインは極めて重要だからだ。

バイタルサインとは、呼吸、体温、血圧、脈拍の四項目をいう。

以前薬剤師は、患者の身体に触れて病状に係る医学的判断を下すことがタブーとされていた。だが病棟薬剤師が患者のバイタルサインすらチェックできなかったら、患者の生命にかかわる事態に対応できなくなる。このような理由から、病棟薬剤師によるバイタルサインのチェックは、最近多くの大学病院で行われている。

森野は質問することも忘れ、久須美のプロフェッショナルな仕事ぶりに見入っていた。その後も久須美は、病棟看護師に入院患者たちの薬物療法に関する諸注意を細かく伝えていた。

病室を出た久須美の後をついて行くと、回廊まで来てからようやく久須美が二人を振り返った。

「あれ、君たちまだいたのか。すまん、ろくに相手できなくて」

「いえ、こちらこそお忙しいところお邪魔してすみませんでした」

ロミが詫びると、久須美は森野に向かって言った。

「実習に来たら遠慮してちゃだめだ。現場はみんな忙しいから、黙ってると相手にしてもらえないぞ」

森野は返す言葉もなく、久須美の眼を見てうなずいた。だが森野にしてみれば、現場で仕事に打ち込む久須美のまぶしい姿に驚かされ、質問することも忘れていたのであった。

さらにロミは、森野を循環器内科病棟の病室に連れて行った。

そこでは早乙女《さおとめ》という女性病棟薬剤師が、入院患者に服薬指導を施していた。

ロミは早乙女ともアポを取っていたので、森野を連れて早乙女のいる病室の中まで入って行った。ベッドサイドで八十五歳の男性患者に服薬指導を施していた早乙女が、こちらを見て小さく微笑んだ。

「加藤《かとう》さん。今日は、調剤薬局薬剤師の先生と薬学部の実習学生さんが病棟見学に来ています。私の後ろで加藤さんとのお話のやり取りを聞いていてもいいですか」

「はい、いいですよ」

患者の加藤が穏やかな表情で返事した。

加藤はベッドの上で横になったまま、自動ベッドと共に三十度くらいの角度で上半身起き上がってロミと森野を迎えた。

早乙女は四十代くらいの小柄な薬剤師で、透き通った声が耳の遠い患者にも伝わりやすそうである。加藤には七種類の薬が出ていたが、早乙女はその飲み方を中心に、薬効や注意すべき副作用などを丁寧に説明していた。

説明が終わると、加藤は早乙女に礼を言ってから森野の方を見て微笑んだ。

「薬学部の学生さんだってね」

「はい」

森野は応える。一言だけの返事だったが、けっして以前の様なぶっきらぼうな言い方ではなかった。

「えらいねぇ。ちゃんと病室まで来て、私らの様子までしっかり見て、先輩薬剤師さんからいろいろと教わって、段々一人前になって行くんだねぇ。早くいっちょ前の薬剤師になって、私らの病気を治しに来てね」

「はい」

それしか答えない森野。だがこの時の返事も、おざなりなものではないとロミは感じていた。

「私ら患者は、医師の先生に言えないことも、薬剤師さんには相談できることがいろいろあってね」

「そうなんですか？」

驚いて森野が訊ねると、加藤は笑いながら、

「そうなのさ。この人は時間をかけて、しっかり私の話を聞いてくれるから、私は誰よりも信頼してるのさ。この人を」

加藤は早乙女を指しながらそう言うと笑った。

入院患者から大きな信頼を得ている薬剤師の姿と、その服薬指導に従って薬をきちんと服用しようとする患者を目の当たりにして、森野は心中思うところがあったようだった。

# 7

城央医科大学病院の病棟見学を終え、ロミと森野が成都調剤薬局に戻ってみると、小さな事件が起きていた。

薬局の待合室の中央で、十人ほどの人だかりができている。

何事かと近寄って見ると、人だかりの真ん中で床にあお向けに倒れている一人の初老男性の姿が目に入ってきた。そしてその男性を囲むように、店長の神谷、優男薬剤師の美原、お調子者の湯川、おばちゃんの安藤らが何やら真剣な表情で右往左往している。

野次馬と化した周りの患者の一人を捕まえて、

「どうしたのですか」

と訊ねると、その老婦人は眉をひそめて囁いた。

「あそこで突然倒れたらしいのよ。私も詳しいことは分からないけど」

もう少し傍によって状況をよく見ると、薬局のスタッフたちは連携し、ＡＥＤを使って倒れた初老男性の救命を試みていることが分かった。

倒れている男性には意識が無いらしく、店長の神谷の呼びかけにも応じる気配はない。その間、あの優男の美原が脇に屈《かが》み込み、中島みゆきの「地上の星」のリズムで、胸の真ん中あたりを一定の速度で強く押し続けて胸骨圧迫を試みている。

一方湯川は、倒れている男性の衣類をはだけて胸部を露出させ、右胸上部辺りに一枚のパッドを、一方もう一枚のパッドを左脇あたりにしっかりと貼《は》り付《つ》けていた。おばちゃんはとみると、薬局内電話で大学病院の救急に派出要請している。

薬局におけるAEDの使用訓練は年に数回行っているので、薬剤師たちは皆手慣れたものだった。

「この人たち、ホントにうちの薬局のスタッフ？」

いつもはチームワークなんて微塵《みじん》もなさそうな連中のあまりの手際の良さに、ロミは目を白黒させた。

が、その後はっと気がついてみんなの手伝いに入ろうとした時、神谷が大声を出した。

「みんな下がって。これからボタンを押します」

言われて、野次馬の輪がさっと遠のく。そのタイミングを見計らって、神谷が電気ショックボタンを押す。

「ドンッ」という音と共に、倒れていた男性の身体がちょっと動いた。すかさず神谷が男性の顔のすぐ近くによって、声掛けする。

「どうしましたか。大丈夫ですか」

男性はまだ動かない。

「もう一回やるよ。みんな離れて」

ドンッ……。

また男性に近寄る神谷。

「もしもし。大丈夫ですか？　私の言うこと分かりますか」

すると初老の男性の目がうっすらと開いた。

「気が付きましたか」

神谷が訊く。

男性は少し首を振ってから目を大きく開け、ゆっくりと上半身起き上がった。

「あ、まだ無理しないで」

神谷、美原、湯川の三人が、男性が起き上がるのを手つだう。

幸運にも、その男性は蘇生《そせい》した。

やがて城央医科大学病院から救急班もやってきて、念のため男性を救急救護用担架で薬局の目の前の大学病院に運んで行った。

その瞬間、来局していた患者や客が歓声を上げ、薬剤師たちの活躍に対して一斉に大きな拍手を送った。

この小事を取り巻きの後ろの方で見ていた森野は、目を輝かせながらロミの傍に寄ってくると、その耳元で囁いた。

「薬師寺先生。薬剤師の仕事って、何だか面白そうですね」

ロミは何も言わずにその顔を見返すと、小さく微笑んだ。

そして心の中で囁く。

「最初はどうなることかと思ったけれど、諦めずにこの子に喰《く》らいついていたのが良かったのかな……。おかげで私も、ちょっとだけ前より辛抱強い薬剤師になれたみたい。

薬剤師の仕事が面白いって？

当たり前でしょ。そう思った時から、君は絶対にいい薬剤師になれるよ」

処方 No. 4

# しばたたく患者

# 1

三十七歳の谷合《たにあい》良亮《りょうすけ》は、上背もあって体格が良く、見るからに健康そうな体型の持ち主だ。だがそれは見た目であって、谷合には小児ぜん息の既往があった。

五歳ごろまでは、咳やぜん鳴と息苦しさで幼稚園に通うこともままならなかった。しかし、小学校に通うころにはぜん息の症状もだいぶ改善し、大学に進学した時には薬もほぼいらなくなって、健常者と変わらぬ生活を送っていた。

ところが最近になって谷合は、どこからもらってきてしまったのか新型コロナウイルスに感染した。幸いその症状は軽症で、コロナウイルスは間もなく陰性となったが、それを機に一度治ったかに見えた持病のぜん息がまたぶり返してきていた。

その日の朝、大きな身体の谷合が、ロミの待つ三番窓口カウンターにやってきた。

谷合は、鼻の先が角ばった大型のマスクを付けている。目の前にその谷合が座ると、ロミの視界はほぼ塞《ふさ》がれた。

谷合には、ぜん息発作を予防するための薬が二種類と、もし発作が起きたらそれを治療できるための薬が一種類出ていた。服薬説明には少し時間がかかりそうだ。

先ずは本人確認から入る。

「私は当局薬剤師の薬師寺路美と申します。患者さんのお名前を、フルネームでお願いします」

「谷合良亮です」

谷合はぶっきらぼうに応じる。

「ありがとうございます。当薬局にはこれまで何回か来られていますね」

「来てますよ。薬も前と同じでしょ」

気のない返事だ。構わず相手の目を見て続ける。

「今日は、谷合さんのぜん息症状を改善するための、三種類のお薬が出ています」

「前と同じなら、使い方は分かってますよ」

さっさと説明を終わらせて帰らせてくれと、暗に言っている。

谷合には、目を強く瞬《しばたた》かせる癖《くせ》があった。

さっきから時々顔をゆがめながら、両の瞼を強く瞑《つぶ》ったり開いたりを繰り返している。その様子にちらっと目を向けながら、ロミは続けた。

「発作が起きないように予防する吸入薬と内服薬、それにもし発作が起きてしまった場合に使う吸入用のお薬……」

「薬師寺さん」

谷合がいきなり話を中断した。

「僕も薬剤師なんですよ」

「えっ……」

少し意外だったので、薬の説明書から目を離し相手の顔をもう一度よく見た。

「そうでしたか……」

「だから薬の説明はいらないでしょ」

ロミの方にちょっと目をやってから、その目を一つ瞬かせると、谷合は続けた。

「僕は、薬剤師の免許を持っているうえ、城都薬科大学の医薬品化学教室の講師だから、医薬品のことはよく知ってます。出された薬も正しく使ってますよ。

でも、今日も状態が悪くて来院したんですけど、ぜん息の方は良くなってないみたいなんですね。自分のぜん息の治療がうまくいっていないのは、処方内容に問題があるからじゃないか、と思ってるんです」

「……分かりました。それではかえってお話が早いです」

姿勢を正して続ける。

「谷合さんの治療があまりうまくいっていないのは、もしかしたらもう少しお薬の使用法を改善する余地がある、ということなのかもしれません」

曖昧に言って相手の不満の矛先を逸らせてから、提案する。

「谷合さんがしっかりお薬を使ってらっしゃるか、私の説明をお聞きになってもう一度確認していただきたいのです」

だが谷合は相変わらず憮然とした表情で、ロミの言うことには上の空の様子だ。

「医師に相談しても改善が見られないし、いま薬局で出しているジェネリックは良く効かないんじゃないんですか。それに、僕に対してそんなに長々と薬剤の説明をするのは、お互いに時間の無駄ですよ。

さっきも言ったように、僕は薬学部で研究教育に携わっている教員だし、薬剤師の免許も薬学博士号も持ってるんです。釈迦《しゃか》に説法は必要ないと思いますがね」

谷合は、高いところから自分の主張だけを繰り返した。

これには少々反論したくなったが、短気は損気。相手は薬学部教員といえども薬局の患者だ。意見することは思い留《とど》め、丁寧な説明を心がける。

「しっかりとお薬を使って、お部屋をこまめに掃除し、アレルギーの原因となるようなハウスダスト、植物の花粉、動物の体毛などを環境から遠ざけるようにしていただければ、と思います」

最後に一般的な注意を簡潔に説いて、服薬説明を終えた。

谷合は憮然とした表情で聞いていたが、ロミが話し終えるが早いか、出された薬を奪い取るように窓口カウンターからひっつかんだ。そしてそれを、肩からたすき掛けにしていたカバンの中にがさがさ音を立てて無造作に突っ込み、ゆっくりと腰を上げた。

そのまま会計カウンターで会計をすませると、こちらを振り向くことなく無言のまま薬局を出て行った。


谷合が帰ったあと、ロミは彼のぜん息症状がうまく改善していない理由について推理してみた。

谷合は薬学部の教員であることをひけらかして、薬剤師に対しては高圧的な態度で物を言う難しい人物だ。だがそれでもロミの窓口に来た患者なのだ。改善しない彼のぜん息の症状を放っておくことはできない。

谷合が持参してきた、毎日のぜん息の症状を記録するぜん息日誌を見ても、彼の病状が芳しくないことが分かっていた。

谷合は、ピークフローメーターという呼気速度を測るスマホくらいの大きさの簡便な装置を使って、自宅や職場で症状の程度をこまめに検査しそれをぜん息日誌に記録していた。その記録からも、自身のぜん息症状の管理は徹底しているようであった。

だが谷合の呼気速度は日に日に落ちてきていて、その日内《にちない》変動も激しかった。

呼気速度とは、吐く息の速さのことである。気管支ぜん息患者は、何らかの理由で気管支が狭くなり、呼吸が困難になる。特に、吐く息がなかなか肺から外へ出て行かない。例えて言うなら、バースデイケーキを飾ったろうそくの火を吹き消せない状態だ。

息を吐けなければ、肺の中に空気が溜《た》まるばかりで、結局息を吸うこともできなくなる。ぜん息患者は、こうして呼吸不全による窒息で亡くなることもあるのだ。

ぜん息の発作予防薬や発作治療薬には優れたものが多く市販されていて、これらの薬をしっかり使っていればそのコントロールも難しくはない。しかし谷合の場合は、その薬物療法がうまく行っていないようなのだ。

ではなぜ……？　薬は本当にちゃんと使っているのだろうか。

## 2

谷合が帰ってから、彼のことを優男薬剤師の美原、お調子者の湯川、そして安藤おばちゃんに順に訊いてみた。すると皆から、谷合の態度はいつもそんなふうで感じが悪いという答えが返ってきた。

だからもし自分がこの患者の担当になった時は、服薬説明をさっさと切り上げて彼の話も良く聴かないそうだ。しかしそれでは薬剤師として役割を果たしていないのではないかと考えるロミは、谷合の治療がうまくいっていない原因をさらに深く推理する。

ノンコンプライアンスすなわち薬をちゃんと使っていないことは、可能性のある原因の一つだ。しかし、それこそ薬剤師の免許を持つ谷合に、ノンコンプライアンスは考えにくい。谷合は、気管支ぜん息という病気の深刻さを分かっているはずだ。この病気は、発作が重篤となれば窒息死することもあり得るからだ。

ぜん息発作を繰り返す患者が薬を正しく使わないのは、自殺行為にも等しい。あれだけ自分が薬剤師であることを吹聴《ふいちょう》しているのに、自分自身が薬の使用を避けているとは思えない。谷合が普段、何かアレルギーの原因となるような物質にさらされた環境にいることは考えられないだろうか。だがロミは谷合への服薬指導の中で、アレルギーの原因となるような物質を環境から遠ざけるよう注意を促していた。本人もそのことを考慮しないはずはないのだが……。

結局その場で答えを得られぬまま、ロミの思考は三番窓口カウンターに現れた次の患者に奪われた。


街に点在する樹々の葉は、こげ茶色や橙色《だいだいいろ》に変わりつつあった。青く透き通った高い空を、トビが一翼、二翼輪を描いている。葉が落ちた枝の合間から、たくさんの木漏れ日が薬局まで届いてキラキラ輝いていた。

成都調剤薬局で受け入れていた薬学部実務実習生も、すでに薬局実習は終了して卒論研究に入っていた。だが薬局の会議室兼講義室兼休憩室には、今でも城都薬科大学五年生の古村と山里の姿があった。

彼女たちは七月末には薬局実習を終えていたのだが、なぜか二人とも成都調剤薬局が気に入り、卒論研究をこの薬局でできないだろうかと、神谷薬局長とロミに相談に来たのだ。

女子学生たちの指導教授は大学の研究室の教授だが、二人が薬局で卒論研究を実施することを、彼女たちの教授も許可したということである。そしてその件については、大学の教授たちからそれぞれ神谷薬局長の方にも直接依頼が来ていた。

神谷は受け入れを渋ったが、古村と山里はすでに二ヵ月半の薬局実習を終えており、薬局の業務もこなす戦力になっているとロミが説くと、しぶしぶ承知した。

こうして二人の女子学生は引き続きロミの指導の下、薬局で卒論研究を行うことになった。

卒論テーマはロミと相談しながら各学生が決めた。

古村のテーマは「薬の副作用を主作用とする治療法に関する研究」である。

これは、例えばアレルギー治療薬に副作用として眠気があるが、これを逆手《さかて》にとってアレルギー治療薬を睡眠薬として使用するというような場合である。このようなケースを薬局調剤の中から抽出し、その解析を行って卒論にまとめるというものだ。

一方の山里のテーマは、「ジェネリック医薬品の使用に関する意識調査――医療者側と患者側の相違――」である。

これはアンケート調査により、医師や薬剤師と患者の間でジェネリック医薬品に対する意識の違いを表出させようという研究である。

両者で考え方に違いがあるのかないのか、またどのような点に違いが生じるのか、無記名アンケートで自由に記述してもらった結果を比較検討し、論文にまとめる。

こうした卒論研究の合間には、ロミの小講義「医薬トリビア」も引き続き開講された。そしてその日の「医薬トリビア」の話題は、「気管支ぜん息患者に使ってはいけない薬の話」であった。

トリビアといっても、学生たちが興味を示す、しかもできれば将来彼女たちの役に立つような話を授けたい。そのためにロミは、薬局業務が終わってからも、小講義の準備を怠らなかった。

インターネット情報、医薬学系の参考書、医薬品の添付文書、そして様々な来局患者の声などから、トリビアとなるような話題を抽出してテーマを創生し、関連項目を調査、肉付けして行く。

こうして決めた今回のテーマは、「トリビア」というよりもむしろ薬剤師にとっては必須の項目になった。

「気管支ぜん息患者に使ってはいけない薬」を誤って使ってしまうと、患者が死にいたる危険性がある。だからそれは、絶対にあってはいけない禁忌事項なのだ。

今回の「医薬トリビア」のテーマは、もしかしたら谷合のぜん息症状が改善しない理由について、ロミに何かヒントを授けてくれるかもしれない。そんな淡い期待がロミの胸中にはあった。

古村と山里は、各々メモノートを広げると顔を上げた。二人を前に、ロミはまず一つのエピソードを紹介した。

「これは本当にあった話だから良く聴いてほしいの」

そう前置きする表情は真剣そのものだ。

「ある内科医院に高血圧の患者が来院してきたので、医師は血圧を下げる薬を処方しました。患者はその処方せんをもって病院の門前薬局を訪問し、一方門前薬局の薬剤師は処方せんに従って正しい処方薬つまり降圧薬を調剤して患者に渡しました。

　いいですか？　ここが肝心なところなんだけれど、内科医院の医師も門前薬局の薬剤師も、それぞれの医療行為自体に間違った点はなかったのよ。

　ところがそれから二日後、その薬を飲んだ患者が一人住まいのアパートの部屋で倒れているところを、実家から訪ねてきた患者のお母さんが発見したのです。お母さんはびっくりしてすぐに救急車を呼んだけれど、患者はすでに呼吸不全で窒息死していました」

　淡々と説明していたロミは、そこでやや語気を強めた。

「さあ、この患者に一体何が起きたのか、二人ともトリビア探偵になって推理してみて」

　古村は壁の方に視線を彷徨わせて、じっと考えている。一方の山里は、「薬物治療学」の分厚い教科書をめくりながら、そこから何かを抜き取ってメモしている。

　やがて古村が、両の瞳をくりくりさせながら先に発言した。

「虚血性心疾患の発作を起こしたのではないでしょうか」

「具体的には？」

「急性心筋梗塞《しんきんこうそく》による心不全……」

　古村の答えを一応は受け止めてから、それにコメントすることは控え、ロミは一方の山里を見て訊いた。

「山里さんはどう思う？」

山里はまだ教科書をぺらぺらめくっていたが、やがておもむろに顔を上げると答えた。

「高血圧の患者なので、脳血管障害、例えば脳梗塞とかくも膜下出血とか、そういう病態の可能性が考えられると思います」

このように二人の実習生の答えには違いが見られたが、高血圧がもとで脳・循環器系の病気が発現して亡くなった、というのが大方の一致した見解であった。だがロミは、二人の見立てを否定した。

「まずこの患者が窒息死していた、というところを重視しなくてはね。それから、医師がこの高血圧の患者にどんな薬を処方したのかについても、降圧薬にはいろいろあるから解答を出す前にまずそのことを私に質問して確かめないとね」

そこで、もう一度学生たちに考えさせるためにしばし言葉を切る。そうして学生たちの顔を代わる代わる見てから説明を継ぐ。

「実は、この患者にはぜん息の既往があったのです。そのことは、初めにあなた方には言ってなかったけれど、私の質問に答える前に、薬剤師としてはまずそのことを疑問に思って私に訊ねるのが肝要です」

さらに熱い視線を真っすぐ学生たちに向ける。

「ところがこのケースでは、医師がそれを患者に確認することなく、プロプラノロールという血圧を下げる薬を処方してしまったのです。患者も特に訊かれなければ、自分にぜん息の既往があったことなど高血圧とは関係ないと思っていたから、ぜん息のことは黙っていた。

プロプラノロールは血圧を下げる薬だけれど、気管支を狭めてしまうという副作用があるから、ぜん息には禁忌です。知ってるかな？」

確認を取ると、二人は同時に首肯した。

「そしてなおも不幸なことに、それを調剤した薬剤師にも同じミスがあったのです。医師の処方せんに従ってプロプラノロールを調剤する前に、薬剤師はその患者にぜん息の既往歴が無いかどうか、確かめる必要がありました。

でも残念なことに、薬剤師もその確認を怠ってプロプラノロールを患者に渡してしまったのです。以上がこの事故の顛末《てんまつ》でした」

学生たちは納得したようにうなずいたりメモを取ったりしている。ロミは話を締めくくった。

「結論として、プロプラノロールがぜん息に禁忌であるということを医師もしくは薬剤師が常に注意していれば、この事故は起きなかったはずです。これは、薬剤師が必要事項の確認を決して怠ってはいけないという、ひとつの教訓になっています」

ちょっとしたミスが患者を死に至らしめたという重大性に気付いたのか、二人の実習生たちは神妙な顔つきでメモを取っていた。

「『医薬トリビア』として取り上げた今日のお話だったけれど、トリビアどころか薬剤師としては絶対に知っていなくてはならない知識だから、しっかりと胸の内に刻んでおいてください」

最後にロミは、そう付け加えた。

学生たちを帰してからも、ロミはさっきの「医薬トリビア」の内容を思い出していた。

「ぜん息の症状が良くならない谷合さんには、高血圧の合併はなかったのだろうか？」

しかし彼が持参した処方せんには、降圧薬の指示はなかった。またこれまで谷合が服用してきた医薬品の中に、降圧薬はなかった。そのことは、谷合が持参していたお薬手帳をロミ自身がチェックしているので間違いない。

ロミは嘆息すると、再び推理に耽った。

### 3

翌日午後二時。

ロミは仕事で、母校の城都薬科大学キャンパスを訪問した。

いつもは薬局のユニホーム白衣を着て白いスニーカーを履き、薬局内を飛び回っているが、今日はダークスーツに身を包み、黒いハイヒールの靴を履いて小股《こまた》に歩く。良く晴れた日で、湿気《しっけ》の少ない爽《さわ》やかな風が自然豊かなキャンパスを通り抜けて行った。

正門から研究棟までの、マグノリア、夾竹桃《きょうちくとう》、桜などに囲まれたこの遊歩道を、かつてロミは毎日通った。

「あの時あの人とあんな話をしながらここを通ったなぁ」

人の顔と共にいろいろな思い出が過ぎる。

学生が四、五人、ぺちゃくちゃ話をしながら脇を通り過ぎた。

「ベラドンナアルカロイドって何に効くんだっけ」

「散瞳《さんどう》じゃない？」

「じゃ、アドレナリンと同じ？」

そんな会話が耳に入っては去って行った。

「あのころ良くやったなあ、生薬の勉強」

一回試験で落とされた科目の苦い経験を思い出し、独り苦笑する。キンモクセイの香りを包んだ風が、ロミのショートカットの髪をふわっとふくらませた。

多摩丘陵の広大な敷地《しきち》に広がる城都薬科大学は、薬学部のみの単科薬科大学である。学生数は一学年三百五十人、六学年で合計二千人以上を擁しており、単科薬科大学としては全国一、二位規模の大学だ。全学生が、将来薬剤師の免許を取得するために、薬剤師国家試験合格を目指して日夜勉学に励《はげ》んでいる。

その日のロミの大学訪問目的は、学内の各研究室を訪れて、そこに所属している教員に対し、現在在学している五、六年生の薬局就職を斡旋《あっせん》してもらうことであった。

調剤薬局やドラッグストアのこうした取り組みは、薬学部五、六年生が就活に入るころから頻繁に行われる。その背景には、ここしばらくというもの、ドラッグストアも含めて薬局薬剤師の求人が増えていることが挙げられる。

特に大手チェーン薬局やドラッグストアでは、全国展開を視野に店舗を増やし、地域に根差した薬局を目指しながらグループとしての売り上げ増大を図っている。そのためには相当数の薬剤師が必要になるので、来年、再来年卒業予定の薬学生は、東京のみならず日本各地の薬局から引っ張りだこである。

このように、特に新卒の薬剤師は売り手市場になっており、国家試験さえ合格すれば就職率はほぼ百パーセントという、学生にとっては開けた業界なのだ。

そこで新人獲得競争に出遅れまいと、成都調剤薬局でも求人活動は盛んだ。

特に現在薬局内で働いている薬剤師の出身大学は、その薬剤師が学生時代に所属していた研究室の教員に知り合いがいるため、求人活動を有利に展開できる。

ロミが城都薬科大学の四、五、六年生時代に所属していた研究室は漢方薬理学教室という名で、そこでは漢方薬やその含有成分が人体や細胞にどのような作用を示すかを研究していた。

教室の城田《しろた》教授は御年六十二歳だが、まだバリバリの現役研究者で、未《いま》だに漢方薬成分の抽出から精製、構造解析、はたまた細胞薬理試験まで多彩な実験研究をこなす。

城田教授はでっぷりと太っていて、頭は禿《は》げ上《あ》がっているが後頭部と両耳脇には白髪がもじゃもじゃ生《は》えている。丸い鼻のてっぺんは、いつも酔っぱらっているように赤く、ニキビのようなおできも見える。おかしな形の丸っこい眼鏡をかけていて、低い鼻からそれがずれ落ちないように、右手のたらこ指でしょっちゅう鼻の頭に乗せ直している。

そんな城田教授のいる教授室の前に立つと、ロミはこみあげてくるなつかしさに胸をワクワクさせながらドアをノックした。

すでに教授から会見のアポは取っていた。右手には、教授が好きだった高級洋菓子店のエクレアの入った手提げ袋を提げている。

「ほ〜い」

と、唸るような妙な返事が聞こえ、続いて、

「どうぞ入ってくれ。鍵《かぎ》は開いてるよ〜」

と、あの城田教授の、歳《とし》の割に良く通る声がした。

「卒業以来かね、母校は？」

自分専用の大きな肘掛《ひじか》けイスに深く沈んでこっちを見ている城田教授の対面のイスに、背筋を伸ばして浅くかけると、ロミはにっこりしながら応えた。

「いいえ先生。去年も今頃、求人の件で先生にお願いに来たじゃないですか」

「おやそうだったか？　いやあ近頃とんと物忘れがひどくてね」

「去年来た時にも、そんなことおっしゃってましたよ、先生」

「ファッハッハッ……忘れた忘れた。それよりどうだね、成都調剤薬局の居心地は」

城田は、自分の物忘れのクセを棚に上げ、巧《たく》みに話題を逸らす。ロミはまたにっこり笑った。

「居心地は悪くないですが、城央医大病院の門前薬局だからいつも大忙し。一日三百枚近い処方せんが来ることもあるんですよ。それを四人の薬剤師と四人のパートさんで捌《さば》くんですから、もうてんやわんや。

おまけに、母校の実務実習生指導が大変で……あ、べつに嫌で言ってるんじゃありません。私はまだまだ指導薬剤師としての経験が足りないので、学生さんを教えるために日々勉強を怠れません」

「忙しいのに手のかかる学生の面倒を見てもらっているようで、申し訳ないね。でもうちから君の薬局に行ってる学生には、優秀な者が多いと聞くが」

「それはその通りです。知識はあります。みんなちゃんと勉強してるみたい。個性の強い子もいますけど……。

でも考えてみればかわいそうですね。五、六年生の年齢の二十二、三歳といったら、遊びたい盛り」

「とんでもない。五、六年生は、毎日大学か家で七、八時間勉強してるよ」

「一日七、八時間ですか？」

驚いて訊き返すと、教授は首の中に埋もれた顎《あご》をゆっくりうなずかせた。

ロミが六年生だったころの勉強時間は、一日せいぜい三、四時間といったところだ。それでも当時の自分としては、一生懸命勉強したことに間違いない。

「君も知ってる通り、今はそれだけやんないと国家試験に受からないんだ」

「あ〜、あのころの悪夢を思い出します」

「悪夢ばかりじゃなかっただろう。何回も飲みに連れて行ってやったじゃあないか」

「ごちそうさまでした。でも今の学生は本当に可哀《かわい》そう。コロナであまり飲みにも行けなかったんだから」

いつまでも尽きそうにない思い出話や近況に関する話題に、城田教授はふと気が付いたのかずり落ちる眼鏡をちょいと持ち上げながら訊いた。

「で、今日はどんな用で大学に来たんだ」

「ですから求人ですよ、先生。来年うちの薬局に来てくれそうな学生さんはいますか？」

「おおそうかそうか。それはありがたい話だ。今日の午後、教室の学生を集めて卒論研究ゼミを開催するので、その時に君の薬局の話をしておこう」

「ありがとうございます。興味がある学生さんがいたら、是非ご連絡ください。改めて説明に来ます」

「分かった。君のお陰で、うちの学生の成都調剤薬局に対する評判もいい。きっと何人かは手を挙げてくれるだろう」

ロミは喜んで礼を言うと、薬局の求人パンフレットと菓子折りを教授に渡し、腰を上げて退室しようとした。

だがその時ふとあることを思い出し、立ったまま教授に問いかけた。

「城田先生。城都薬科大学の医薬品化学教室に、谷合先生という講師の方はいらっしゃいますか」

「ああ、谷合さんならよく知っているよ。去年、関西の薬科大学から城都薬科大学に転勤してきた人だろう。谷合さんがどうかしたのかね」

「去年来られたのですか」

ロミは反問する。

「道理で私が知らないはずでした……」

「そうだね。彼の本学着任は、君が卒業した後だからな。で、その谷合さんが……？」

城田教授はなおも訊き直したが、ロミはお茶を濁した。

谷合講師は成都調剤薬局の患者で、ぜん息があって……などと患者の個人情報を明かすわけにはいかない。

「いや、ちょっと求人のことでこれからお伺いしてみようかなと」

教授は疑うことなく返す。

「ああ、それならいいが、彼ちょっと変わっているからね」

「変わっているって、どう……？」

気になって訊くと、城田は外国人のように肩を竦《すく》め両手を広げて見せた。だがそれ以上は何も言わなかった。それも個人情報ということであろうか。

## 4

谷合は、医薬品化学教室の研究室で実験中であった。

ロミは谷合から事前のアポを取っていなかったが、研究室入り口で白衣を着た谷合の姿を見つけると、

「失礼します。成都調剤薬局の薬師寺と申します」

と断って、研究室内に足を踏み入れた。

「ああっ、とそこまで。そこからこっちは靴を脱いでそこのスリッパに履き替えて」

驚いて足を止める。

谷合の顔と自分の足元を代わる代わる見たロミは、ようやく納得してその場で靴を脱いだ。そしてだぶだぶのスリッパに履き替えると、両足を引きずるように谷合の傍へ歩み寄った。

同じ実験室のフロアなのに、土足で入って行けるところと土足禁止のところに、分けているらしい。

見ると深い緑色のフロアの、谷合がいる方の側には、四角く囲うように黄色いビニールテープが貼《は》ってあった。そちら側には土足で入ってくるなということなのだ。

「アポは取ってなかったよね」

谷合は、合成反応が進行中でスターラーが中で忙しく回っている小さなナス型フラスコを、じっと見つめながら言った。その両目は、時々あの瞬きをしている。

「申し訳ありません。今日は城田教授のところに求人に来たのですが、谷合さんにも、この医薬品化学教室に所属する五、六年の学生さんを対象とした求人案内パンフレットをお渡ししておこうと思いまして」

さっき考えた言い訳をそのまま伝えてから、付け足すように言う。

「それに谷合さんがどんな環境で実験をされているのか、見ておいた方がいいと思いまして……」

後に述べたことが、実は谷合を訪ねた真の理由であったが、谷合はロミの発言に特に関心を示す様子もなく呟いた。

「ふむ。うちの教室はついでというわけか」

「いえ、そういう意味では……」

痛いところを指摘されてばつの悪い思いをしながら、ふと実験プラッテの奥の方に目をやると、そこに置いてある渋い色のきんちゃく袋が目に入った。中から二段になったプラスチック製の弁当箱が顔を覗かせている。

「へえ、この人自分でお弁当を作って持ってくるのかな。でももう二時半を過ぎているから、中身は空なんだろうな」

そんなことを思っていると、その思考を遮《さえぎ》るように谷合が口を挟んだ。

「御覧のようにうちの教室には学生があまり寄ってこないんでね。薬師寺さんに紹介できるような学生はいないよ」

見ると確かに今実験室内にいるのは谷合とロミだけで、学生の姿は見当たらない。

一般に薬学部の学生は、四年生になると特定の教室に所属して卒論研究を始める。このシステムは城都薬科大学でも同じだが、学生の卒論教室配属の仕方は学生の希望が原則だ。

各教室には所属学生の定員があるが、定員が埋まるまでは学生は好きな教室に入れる。だが希望者が教室の定員を超えると、全希望学生に対してその教室の教員が面談するなどして、その中から学生を選別する。

人気がある教室は、たくさん希望してきた学生の中からやる気のある学生とか成績優秀な学生などを教員が選択できる。逆に人気のない教室は学生が来ないので、定員割れのまま寂れる。どうやら谷合の医薬品化学教室は後者らしい。

では人気がない理由は何か？

そう考えた時、それはこの人のとっつきにくいちょっと偏屈な性格にあるのではないか、とロミは考えた。

もちろんそんなことはおくびにも出さず、ロミは谷合に訊ねた。

「谷合さんの実験では、刺激性のガスを発生させたり微粒子が室内に飛び散ったりすることは無いのでしょうか」

すると谷合の視線がようやくロミの方に定まった。

「おやおや……。もしかして君は、僕のぜん息の原因が僕の実験内容に関係していると考えているのか」

そこで谷合は二、三回瞬きをすると、やおら白衣のポケットから手のひらの中に収まる大きさの小瓶《こびん》を取り出した。目薬だった。

目薬のキャップを開けると、横でロミが見ているのを気にする様子もなく、上を向いて両方の目に目薬を順に一滴ずつ滴下した。そうしてしばらく目をつむってなじませた後、再び目を開けると、今度はゴホゴホッ……と胸の奥から苦しそうな咳をした。

「あ、大丈夫ですか」

ロミは気遣う所作を見せたが、谷合はそれを右手で軽く振り払うような仕草をしてから、素早く目薬をポケットにしまった。

その様子を見守っていたロミは、そこで先ほどの話を継いだ。

「……さっき谷合さんが触れられた、実験内容とぜん息との関係ですが、それもあるかもしれないと思って」

「その心配は無用だ。ご覧のように高性能のマスクもしているし、大体そんな実験はここではやってないよ」

谷合は、高性能五層不織布立体型マスクを付けていた。

これは、花粉やハウスダストはおろかPM二・五も通さぬマスクで、粒子状のものなら人体に有害な大抵の物質を遮断できる。

確かにその点は問題ないようだな、とロミも思った。

実験室に花粉やハウスダストのようなアレルゲンは浮遊していないみたいだし、室内の空気はダクトを介して絶えず入れ替わっているようだ。

ここの空気は、通常の住宅の室内よりもかえって澄んでいた。もちろん刺激性の臭気も無い。おまけに谷合が実験を行っている実験プラッテの周りは土足禁止にしてあり、ごみやほこりは神経質過ぎるほど除かれている。

「ここではどんな研究を行っているのですか？」

もはや訊くことが無くなって、思いつきの質問をしてみた。すると意外や、谷合の眼がにわかに輝き出した。

「僕の研究は、抗ウイルス作用を持つ新しいヌクレオシドの合成を目的としている。しかもそれは、新型コロナウイルスのように変異を繰り返すタイプにも効く薬物だ。

ウイルスのスパイクタンパク質に結合するタイプの化合物は、ウイルスのめまぐるしい変異に対応しづらい。一方、もっとウイルスの本質的な部分、例えば逆転写酵素活性とかウイルスＲＮＡ機能などを阻害するタイプの化合物は、変異にも比較的強く新型コロナウイルスやその他の変異しやすいウイルスに対しても有望だ」

詳細は理解できないとしても、谷合の研究が種々のウイルス感染症の治療に有望であることは分かった。ロミは感心して訊ねた。

「そんな素晴らしい研究をしているのに、ここには卒論の学生が来ないのですか」

谷合は苦笑する。

「新規抗ウイルス薬の研究と説明しても、なかなか学生には魅力が伝わらなくてね。僕のこの偏屈そうな性格も学生を遠ざける要因になっているのかもしれないな」

「そんなことはありません」

と否定しようとしたが、結局その言葉はロミの口からは出てこなかった。谷合の言ったことは、多分当たっているのだ。

「この人、自分でも分かってるんじゃない？　案外素直な人なのかも……」

そんなことを心中思っていると、谷合は平然と言った。

「用が済んだらお帰りを。これからちょっと神経を使う実験に移るんでね」

ロミは仕方なく、谷合に対し多忙の中突然の訪問にも相手をしてくれたことに感謝の言葉を述べ、土足禁止エリアから離れるとスリッパを靴に履き替えた。

谷合のぜん息を悪化させるような要因は、とうとうこの研究室内からは見出《みいだ》せなかった。ロミは諦め、自分が谷合にあまり歓迎されていないこともあって、言われた通りこの辺で帰ることにした。

「また様子を見て、薬局の方にもいらしてください。いつでもご相談に乗ります」

言って薬局の求人パンフレットを教室内の実験プラッテの端に置くと、もう一度谷合に丁寧に礼を述べてから、医薬品化学教室を辞した。

その後姿をちらと横目で追った谷合は、すぐにまたその視線をフラスコの中の液体に戻した。

## 5

懐《なつ》かしい母校のキャンパス内で、学生時代を想《おも》い出しながらもう少し温かい雰囲気に浸っていたかった。薬局に戻れば山ほど仕事が待っている。

そんな思いを胸に、ロミは大学と最寄りの駅を連絡するバスが発着する学内のバス停に一人立ち、間もなく来るであろうバスを待っていた。

名残惜しい大学のキャンパスにもう一度目をやると、針葉樹や広葉樹の様々な樹木が、赤、黄、緑、橙とたくさんの色を織り交ぜた美しいモザイク模様を作り出していた。その景色にうっとり見とれていると、四十歳くらいのやや大柄な女性が一人、ロミの横についてバス待ちの列を作った。

見渡したところ、他に乗客らしい人の姿は見当たらない。腕時計を見ると、午後三時少し前だ。まだ午後の授業中で、学生はみな教室内のようだ。

ロミと女性はしばし無言で、暖かな秋の日差しの下、並んで立っていた。

先に口を開いたのはロミだった。

「バス、なかなか来ませんね」

「ええ……」

女性はロミの右横でバスを待っていた。ロミの方は見ないで、前を向いたまま気のない様子で返事した。

ロミは女性の方を向くと、構わず続けた。

「今の時間帯は、一時間に二本くらいなんですよ。丁度学生の講義時間ということもあって、ダイヤがまばらになってます」

「ああそうなんですね」

女性が応じた。

「大学の関係の方ですか？」

今度は女性が訊ねる。

「いえ、わたし調剤薬局から参りました。もとはこの大学の出身なのですが」

「まあ、そうですか。私は城都薬科大学出身ではないのですが、弟がここの講師をしていましてね」

「そうでしたか」

そこでもう一度女性の顔をよく見たロミは、はっと気が付いた。

「似ている」

思い切って訊ねてみる。

「あのう、もしかして谷合先生のお姉さまですか」

女性は少し驚いた顔をして、ロミを見やった。

「ご存知？　弟のこと」

「はい。谷合さんは、私の薬局に来られる患者さんです」

「まあ、そうだったのね」

女性はようやく得心が行ったように、笑顔で大きくうなずいた。

「いつも弟がお世話になっています」

「いえいえ、お世話だなんて、こちらこそ……。あの、申し遅れましたが、私は成都調剤薬局の薬剤師で薬師寺と申します」

「中林《なかばやし》です。谷合は旧姓です」

　ロミは心の中でうなずく。

「そうか、お姉さんは結婚されて中林姓になったんだ」

　こうして奇《く》しくも知り合いになった谷合の姉に、良い機会と思い切って訊ねてみた。

「あのう、立ち入ったことを訊くようですが、谷合さんは今お一人でお住まいなんですか」

　中林は気軽に応じる。

「ええそうなんですよ。まだ独《ひと》り身《み》でね。大学の教員の方とか事務の方とか、あるいは卒業生とか、良い人いないのとせっついてるんですけどね。なまくらな返事ばっかり」

　中林は一人笑った。

「でも研究室はとても清潔にしておられるし、お弁当も作ってこられたりして、とてもマメな方なんだなぁと……」

「あらいやだ、お弁当は私が作って届けてやってるんですよ」

「えっ……」

「今日だってそうです。私の家が大学の近くだから、出かけるついでなんですけどね。時々こうして大学までお弁当を届けてやってるんです」

「こんな時間にお昼なんですか？」

　ロミは腕時計を見る。すると中林はまた笑った。

「それが、夕食なんです」

「えっ、お弁当が夕食？」

「そうなのよ。実験があって、家に帰って食事する時間も惜しいんですって。そんな大した研究しているわけでもないのにねえ」

中林がまた笑っているので、お付き合いの愛想笑いを返す。してみると、さっき谷合の研究室で見た弁当箱には、まだ夕食が入っていたのか。

意外な発言に、ロミはしばし言葉もなかった。

四十近い弟に、姉が夕食の弁当を作って届けてやっているなんて、ちょっと変わってる……。

言葉には出さないがそんなロミの意外そうな顔に気付いたのか、中林は苦笑すると続けた。

「私たちは二人だけの姉弟でして……。二人ともまだ大学生だったころに、両親を事故で亡くしましてね。弟は勉強と研究ばかりで、そのころから食事や身の回りのことはみんな私に頼りっきり。

おかしいでしょ。もうオジサンなのに、未だに朝晩の食事は私の家に来て厄介になってるんですから。それに時々夕飯のお弁当まで。

私も悪いんですよね。そんな弟を放っておけなくて。私たちの家はお互いに近いものですから。

弟は、初めは関西の薬科大学に就職したのですけれど、ちょうどいい求人がこちらの大学で出たものですから、それに応募したところ運よく採用になったのです。私の家が大学の近くにあったことも、弟の気持ちを動かしたのかもしれません。私の主人も弟と気が合うみたいで、いつ来ても歓迎してくれるんですよ。あんな偏屈屋なのにね。

そんなわけでつい私も弟を甘やかしてしまって」

中林は本来話し好きのようで、話し出すと止まらなそうだ。今自分が相手にしているロミも話し好きだということを、察しているらしかった。

聞いていたロミは、また愛想笑いを返しながら心の中で呟く。

「お姉さんっ子か……」

「ところで、私も最近段々と目が悪くなりましてね」

そこで中林は急に話題を変えた。

「緑内障と診断されて、ずっと眼科に通っているんですけど、なかなか良くならないわね。薬剤師さんだったら、何かいい治療法を知らないかしら」

言いながら遠くの方を見やり、中林は眉根を寄せて目を開いたり細めたりした。

「緑内障は、原因が不明で完治が難しい場合も少なくありません。ただ、ちゃんと治療薬をお使いになれば、進行を遅らせることは可能ですので、そこは医師や薬剤師の言うことをしっかり守って治療を続けてください」

薬剤師の観点でロミが助言すると、中林は、

「やはりそれしかないのね」

と諦めるように言った。

「あ、そうそう」

そこで急に何かを思い出したのか、中林はロミの方を振り返った。

「また弟のことなんですけどね。このところ目が乾くと言って良く目をぱちぱちさせているんですよ」

それを聞いてロミもうなずく。彼のそのクセは何度か見かけている。

「だから私がもらった目薬で余っているやつを使ってみたら、と弟に渡したら、『これは助かる』と愛用しているようです」

中林が何気ない口調で語ったそのことが、稲妻のように突然ロミの脳髄《のうずい》にずきりと突き刺さった。

「中林さん。それはいけません。もし今日また弟さんにお会いになるようでしたら、その目薬は以後決して使わず、その目薬を持って私の薬局に来るようにご伝言ください」

中林は驚いてロミを見つめた。

「えっ、ダメなのあの目薬を使っちゃ……」

「それは中林さんのお薬です。中林さんの目のご病気を治療する薬であって、弟さんの治療薬ではありません。谷合さんは使ってはいけません」

中林が茫然としているところへ丁度バスが来て、二人の目の前でゆっくりと停まった。

## 6

バスに乗ってからも、ロミは中林に目薬の件で弟に伝言することを堅く約束させた。中林は承知して、城都薬科大学から数えて三つ目のバス停で先に降りて行った。

中林と別れた後、駅前でバスを降りたロミは、スマホで城都薬科大学の谷合を呼び出し、姉の中林から渡された目薬を使わないよう伝達しようとした。しかし谷合は何度掛けても電話口に出なかった。実験に夢中になっているのかもしれない。

その後谷合の自宅にも電話したが、やはり谷合は電話に出なかった。

「私のことを避けているのだろうか」

勘ぐってはみたが、ともかくも薬剤師として伝えるべきことは伝えなくてはならない。仕方なく留守電を入れることにした。

「成都調剤薬局の薬師寺です。お姉さんから渡された目薬は使ってはいけません。この電話をお聞きになったら、その目薬を持ってできるだけ早く私の薬局に来てください」


翌日の夕方になって、ようやく谷合が成都調剤薬局に姿を現した。

いつもの三番窓口カウンターで谷合を迎えたロミは、谷合の顔色が相変わらずすぐれないのに懸念を抱いた。

「谷合さん。私の伝言は伝わりましたか」

谷合はふてぶてしい態度でロミの前の席に着くと、両足を組んで腕組みしながらロミを見た。

「薬師寺さん、姉に何を言ったの？　これは個人情報の漏洩《ろうえい》に当たるんじゃないのか」

憮然とした表情で迫る谷合に対し、ロミは毅然とした態度で質問を繰り返した。

「私の伝言は伝わったのでしょうか？」

しかし谷合はそれに答えず、勝手なことを言い出した。

「僕は忙しいんだけどね。君の薬剤師風を吹かした伝言ゲームに付き合う時間なんかないんだよ。

実験は途中で放り出したままだし、明日の講義の準備もしなくちゃならないんだ。君が姉に余計なことを言うものだから、姉もビビっちゃって僕に早く薬局に行け行けと口うるさく言う。全く君も姉も余計なお世話だ」

「お姉さんのことをそんなふうに言うものじゃないと思います。あなたに必ず伝えて薬局まで来てもらうようにお願いしたのは私です。恨むなら私を恨んでください」

ロミと来局者がそんなふうに言い合いを始めたので、優男薬剤師の美原、お調子者の湯川、それにおばちゃんまでもが、心配そうに遠巻きに二人の様子を見守っている。だが、薬剤師としてここで引き下がることはできない。ロミは静かに訊ねた。

「お姉さんからもらった目薬は持ってこられましたか」

谷合は何か言おうとした。だが相手の口調が毅然としたものであったので、黙って下を向くと仕方なさそうに持ってきたカバンの中をまさぐり始めた。

やがて小さな薬瓶《くすりびん》を探し当てると、谷合はそれを受付カウンターの上にトンッと音を立てて置いた。

「これですか、薬剤師先生」

わざとらしく言って、上目遣いにまたロミを見る。

「拝見します」

断ってからそれを手に取ってラベルを読む。

「チモプトール点眼液、〇・五パーセント、五ミリリットル……」

だが手に取る前から分かっていた。

チモプトールは、眼圧を調節する眼房水という水分の産生量を減らす薬物である。それによって眼圧を下げ、緑内障の症状を緩和する。谷合の姉の中林に対しては、緑内障治療薬として有効である。

しかしこの薬物には、気管支平滑筋を収縮させ気道を閉塞《へいそく》させるという副作用があった。この点眼薬を、たとえ一滴片方の目に落としたとしても、気道閉塞の症状が現れる恐れがあるため、気管支ぜん息患者には禁忌なのだ。

チモプトール点眼液を手にしたロミは、谷合を前に淡々とした口調で述べた。

「薬剤師であり薬学博士号をお持ちの谷合さんなら、お分かりだと思います。これがあなたにとっては禁忌の薬剤であることを」

心の中では、きっと谷合は知らなかったのだろうな、と思いながら……。

谷合は、茫然とした表情を崩すことなく、ゆっくりとかぶりを振った。驚きと共に、相手に観念したような表情が、その顔に浮かんでいた。

しばらく絶句していた谷合は、やがて、

「そうだったのか。いや、全く気が付かなかった……」

と、小さな感嘆の声を漏らした。

白を切るか、開き直るか、どちらかだと思っていたロミは、そんな谷合の反応を意外に思った。

「やはりこの人は、根は素直な人なんだ……」

そう思いながら、胸をなで下ろす。途端に肩の力が抜けた。

## 7

「谷合さん。ご承知のように、ぜん息患者さんにベータ（β）・ブロッカーは禁忌です。これは薬剤師にとって基本中の基本事項です」

チモプトールの薬効はアドレナリンのベータ受容体を遮断（ブロック）すること。それによって眼房水の産生が抑制される。結果として眼圧が下がり、緑内障が改善する。

だがベータ・ブロッカーの副作用は気管支閉塞であり、これをぜん息患者に使用すると、最悪の場合は死に至る。

一昨日の「医薬トリビア」で、ロミは古村と山里を前にこのベータ・ブロッカー関連で実際に起きた不幸な医療事故の例を紹介したばかりである。「医薬トリビア」で取り上げたプロプラノロールという薬物も、典型的なベータ・ブロッカー薬なのだ。

谷合は、愕然《がくぜん》とした様子でうつむいていた。が、しばらくしてやおら面を上げ、ロミをしっかりと見つめて言った。

「こんな物を知らずに使っていたら、いくら優秀な抗ぜん息薬をちゃんと使用し続けても、ぜん息がちっとも良くならないのは当然だね。

ベータ・ブロッカーがぜん息患者に禁忌なのは知っていたが、まさかそのベータ・ブロッカーが姉の点眼薬の中に含まれていたとは、僕も知らなかった……」

ロミは微笑んで応える。

「多分、知らなかったのではなくて忘れていたのだと思いますよ。だって谷合さんは薬剤師の国家試験に合格しているんですから」

そうフォローしてから続ける。

「因みにですが、チモプトールは緑内障の症状を改善し、その進行を抑える非常に優れたお薬ですから、ぜん息さえ併発していなければ、緑内障の患者さんにとってはとても大切なお薬なんです」

谷合が嘆息してうつむくと、ロミはさらに言葉を添えた。

「現場で実臨床に携わっていないと、薬剤師として知っていなくてはならないいろいろなことを段々と忘れて行くのは、仕方のないことだと思います。毎年新薬が出てくるのに、古いお薬が消えて行くことはないので、覚えておかなくちゃならないことは増えるばかりですから。

だから、現場の薬剤師は日々勉強です。そうでないと、患者さんの命を守れませんからね」

何も言い返せない谷合は、目線を下げたままロミの口上をじっと黙って聴いていた。その様子に気付くと、

「あ、すみません。母校の先生を相手に偉そうなことを言って」

と謝ったうえで、話を継ぐ。

「でも、反対に私は谷合さんのお仕事の詳しい内容を、あまり良くは理解していません。ただ、谷合さんのご研究が人々の命を守るためにとても大切なことに繋《つな》がっている、ということは理解しています。

同じ薬学部出身の人でも、その仕事の内容はとても多岐に及んでいると思います。そしてそれぞれが皆、患者さんの治療や健康と福祉の向上に役立っていると私は考えます。

谷合さんも私も、そういう意味では同じではないでしょうか？」

ちょっと饒舌《じょうぜつ》が過ぎたかなと思いながら、谷合の様子を窺う。その目線に気付いたのか、谷合は再びゆっくりと面を上げた。

「君の言うことは、全くその通りだ。僕だって、薬剤師の仕事を否定しているわけじゃない」

認めたうえで、谷合は話を転じた。

「では、現場の薬剤師の君に対して訊きたい。僕はこれからぜん息の治療をどう続けたらいいだろうか」

ロミは微笑んでうなずくと、薬剤師の話し口調になって提言した。

「まず、今後この点眼薬のご使用はお止めください。一方これまで処方されてきたぜん息の治療薬は、先日私がご説明した通りちゃんと使ってください。そうすれば、谷合さんのぜん息症状は間違いなく改善して行くと思います」

そこでいったん言葉を切って、相手の理解度を確認すると、さらに告げた。

「それから谷合さんのお姉さんの中林さんですが、チモプトール点眼薬を余らせ、それを谷合さんに使ってもらったということは、しっかりと用法用量を守っていない可能性があります。中林さんにはもう一度お薬の使い方を見直していただくと共に、眼科医か薬剤師にご相談されることをお勧めします。是非谷合さんから、私がそう言っていたとお伝えください。

そしてもう一点」

「まだあるの？」

谷合が不平そうに訊ねる。

「その目を瞬く谷合さんのクセですが……」

　するとその指摘につられたように、谷合も両目を瞬かせた。

「それが無かったら、あなたのぜん息悪化の原因は突き止められませんでした。でも、一度眼科を受診した方がいいと思います。多分、ドライアイなんじゃないかな。

　ちなみにドライアイのお薬は、目の渇きを抑えるものであってベータ・ブロッカーではありませんから、谷合さんが使っても大丈夫です。その点はどうぞご安心を」


　それから約一ヵ月後。谷合が再び成都調剤薬局を訪れた際に、ロミは谷合の口から、彼のぜん息症状がその後みるみる改善したこと、および姉の中林の緑内障も改善が見られたことを聞いた。瞬きも少なくなったようだから、ドライアイも治療したのだろう。

　ぜん息治療薬をちゃんと使っていたにもかかわらず谷合のぜん息症状が改善しなかった理由を追求していなかったら、最悪の場合谷合は重症のぜん息発作で亡くなっていたかもしれない。

　そう思うとロミは、偶然であったとはいえ城都薬科大学のバス停で谷合の姉の中林に出会ったことを神様に感謝したい気持ちになる。それと共に、自分の話し好きな性格が結果的に今回の小事件の解決につながったと、改めて思い返す。

　中林から谷合がチモプトールを使っていたことを引き出した際、彼女が自分の点眼薬を弟に使わせたことを話す気になったのは、ロミの話し好きの人柄《ひとがら》が招き寄せた成果である。そんな性格は、薬剤師としてやはり長所なんだろうなと思うと、自身そのことをちょっぴりほめてやりたくなった。

処方 No. 5

# 誓いのレシピエント

# 1

成都調剤薬局から望む南西部の山々が紅葉に染まる季節、この地方の朝晩は冷え込むものの、日の差す午前中から昼過ぎにかけて薬局の待合室に入り込む陽光は暖かい。室内に並べられた来客用ソファーやパキラの鉢植えにも、優しい光が届いていた。

午前九時ちょうど。

ロミは二人の女子学生を前に、その日の小講義「医薬トリビア」を開講した。今日のテーマは「腎移植トリビア」である。

ロミ自身、日本の移植医療の現状には深い興味を抱いていた。発端は、慢性骨髄性白血病で骨髄移植を受けようと決心した高草木彰と知り合ったことであったが（処方№2参照）、移植医療は骨髄ばかりでなくいろいろな臓器組織が対象となる。

日本は移植医療技術自体世界最先端の水準に達していながら、臓器移植を受けられる患者の割合は先進諸国でも最悪のレベルである。

日本の移植医療をさらに推進させるために、薬剤師は何ができるのだろうか。そんな疑問がロミの胸中にあった。

今の薬学生は、移植医療に対してどれほどの理解を持っているのだろう。それについて、是非学生からいろいろな考えを聞いてみたいし、日本の移植医療の現状と将来を彼女たちと一緒に考えてみたい。

そんな思惑が、今回の「医薬トリビア」のテーマを選んだロミの頭の中にあった。

「古村さん。腎移植って、誰の何をどこに移植するの」

「え？　何を……？　どこに……？」

いきなり訊かれ、古村は戸惑って目をくりくりさせている。

「ええと……ドナーの腎臓《じんぞう》を、レシピエントに」

ロミは失笑して、

「当たり前でしょう。私が訊いているのは、左右どちらの腎臓を身体のどの部分に移植するのかということよ。腎臓は二つあるでしょ。

はい山里さん。腎臓のある位置を示してみてください」

山里は首を捻《ひね》りながらも、両手で自分の左右の腰背部周辺をさする。

「右と左、どちらの腎臓が、より上にあるのかな」

山里は面食らったような顔で、

「どちらが？　左右の腎臓の位置に違いがあるんですか？」

と訊き返す。

「あります。意外と知られていないけれど、右の方は肝臓に押されてやや下方に位置がずれているんです」

「ああ〜なるほど」

二人は同時にうなずく。

「だから通常は、ドナーの左腎を摘出してレシピエントに移植します」

そんなやり取りをしばらく交わしてから、ロミは腎移植の概要を二人に説明し始めた。

「腎移植は、ドナーの生死によって生体腎移植と死体腎移植に分類されます。いずれの場合も、通常はドナーの片方の腎臓をレシピエントの右下腹部に移植するのだけれど、そこは腎臓の本来の位置ではないので、正式にはこの術式を異所性腎移植と呼んでいます。

異所性腎移植では、レシピエントの病んだ二つの腎臓には全く手を付けず、三つ目の腎臓を右下腹部に移植するから、従ってレシピエントは移植後には三つの腎臓を持つことになる。

またレシピエントの膀胱《ぼうこう》には、従来自分が持っていた二つの腎臓からそれぞれ降りてくる尿管と、移植された三つ目の腎臓から導かれる一本の尿管の、併せて三本の尿管が連結されます」

二人の女子学生は感心しながら首肯した。そこで質問を挟む。

「腎臓には、尿管を含めて三本の管がついていますね。はい古村さん。それは何と何？」

「ええと、尿管、それに腎動脈と腎静脈……」

「もっと自信をもって。そうね。腎移植では、ドナー腎の腎動脈をレシピエントの内腸骨動脈に、また腎静脈は外腸骨静脈につなぎ、尿管は膀胱につないでオペは終了。術式自体は四、五時間で終わります」

術式のところは、パワーポイントのスライドの図を使って、学生に分かりやすく説明した。

「ドナーとレシピエント間の組織適合性つまりマッチングは良いに越したことは無いけれど、最近ではあまりマッチングの良さにはこだわらずに移植するケースが増えています。

極端な例でいえば、今はドナーとレシピエントのＡＢＯ式血液型が違っていても、移植が可能な時代に入っているんです。それはどうしてかな。はい山里さん」

「えっ……」

不意打ちを喰ったように、おっとり女子学生の山里は言葉が出なくなってしまった。

「古村さん、どう？」

古村も首を傾げて黙っている。

仕方ない、という顔をしてロミは解説に入った。

「免疫抑制薬の進歩でしょう？」

初めに答えを言ってから続ける。

「一九八〇年代のシクロスポリンの登場以来、優れた免疫抑制薬が次々と世に出てきています。そのお陰で現在では、ドナーとレシピエント間の組織適合性やＡＢＯ式血液型が違っても、移植免疫コントロールが可能になっているのよ。ちなみに、免疫抑制薬については国家試験の山だから、しっかり覚えておいてね」

ドナーとレシピエントが一卵性双生児の組み合わせでない限り、それ以外の組み合わせの移植では、レシピエントは一生免疫抑制薬を飲み続けなければならない。二卵性双生児間の移植でも同様で、拒絶反応は起きてしまうのだ。

移植された臓器に対する拒絶反応は、レシピエントの免疫の働きによって起こる。免疫抑制薬は、この免疫の働きを抑え、拒絶反応を予防する薬物である。

腎移植の成績は、新しい免疫抑制薬の登場と共に上向いた。一九八〇年以前までは拒絶反応の発生率および患者の生存率がいずれも六十パーセント前後だったものが、二〇〇〇年代以降はそれぞれ十パーセント未満および九十五パーセント以上と、格段に向上している。

　このように、腎移植の歴史は新たな免疫抑制薬開発の歴史と重なる。このことは同時に、移植療法にとっていかに免疫抑制薬が重要であるかを物語っている。

「これらの点は薬剤師にとっても大事で、薬の担い手である薬剤師の移植医療における役割はとても大きいと言えそうね。だからあなたたちも研鑽《けんさん》を積んで、是非この領域でも活躍できる薬剤師になってほしい」

　ロミはその話題をそう締めくくった。

　その後日本の移植医療に関する意見交換をしてから、移植免疫抑制薬物療法ガイドラインを二人に渡してその日の「医薬トリビア」を終えた。

　この小講義の後、ロミは二人の女子学生の実習指導を優男の美原に任せると、城央医科大学附属病院に出向した。彼女自身が、移植医療に関するある研修を受けるためである。

## 2

　明陽《めいよう》高校サッカー部のミッドフィルダーの河西《かわにし》稜《りょう》也《や》は、センターラインからさらに十メートル敵陣に入ったところで味方のディフェンダーからパスを受け取ると、そのままドリブルで敵陣に切り込んだ。

　相手校のディフェンダーを二人、三人と巧みなドリブルで交わし、敵のペナルティーエリアまで突入する。その速さは、高校生の中でも抜きん出ている。

　飛び出してきたキーパーまでかわすと、右足でシュート！

ボールは見事に相手ゴールのネットに突き刺さった。

明陽高校の応援ベンチは全員飛び上がって喜ぶ。

抱き合う応援団。

万歳《ばんざい》する町内会の人々……。

十月初旬のその日、全国高校サッカー西東京地区の地区予選第二回戦が、多摩川第七グラウンドで行われていた。

試合を観戦する明陽高校応援団の中に、河西稜也の母静江《しずえ》と、稜也の弟の卓也《たくや》の姿があった。

二人は、それぞれ息子と兄である稜也のピッチ上の雄姿を、誇らしげな目で見ていた。

試合は三対〇で明陽高校が勝ち、明陽は三回戦に進出した。

河西稜也は現在二年生だが、サッカーセンスの良さと百メートル走十秒台という俊足で、高校生としては抜きん出たストライカーとしてすでに注目を集めていた。

試合が終わり、応援席にやってきた稜也は、周囲の皆から祝福を受けながら、母と弟のいる席まで赴くと言った。

「母さん、卓也。ゴールの瞬間見ててくれたかい？」

「ええ、もちろん。かっこよかったよ」

「兄ちゃん、すごかったね。四人抜き？」

「五人だ」

「メッシか？」

「マラドーナだよ」

爽やかな風がさっと吹き抜け、まだ汗のにじむ稜也の額にかかる短い髪を揺らした。

卓也は稜也の二つ下の弟で、現在地元の中学校に通っている。来年は兄と同じ明陽高校に入って、将来サッカー選手になるのが夢だ。

稜也は、華奢《きゃしゃ》な弟の肩を抱いて言った。

「卓也、お前もサッカーやってみろよ」

「うん。明陽に行けたら、絶対サッカー部に入る」

「約束だぞ」

「わかってる」

だが、兄と比べて卓也は、小さいころから病弱だった。

幼稚園児の時、細菌感染がもとで急性糸球体腎炎《じんえん》を発症し、いったんは治癒しかけたものの引きずって慢性糸球体腎炎を患った。中学校に入学したころには、透析療法が必要になっていた。

卓也も兄に似て運動神経は悪くなかったが、激しい運動には制約がかかった。

卓也は苦しい透析療法に心身を縛られながら、その夢はおのずと、サッカー選手としての兄の活躍と兄がJリーガーとしてピッチに立つ姿を見ることに託されて行った。

もちろん健康を取り戻すことができたら、自分がサッカー選手になってピッチに立ち、みんなから声援を受けたい。だが、言葉には出さなかったが、今の状態ではそれが無理なことは卓也自身にも分かっていた。

稜也と卓也の母静江は、若いころに夫に先立たれて以来、女手一つで二人の男の子を育ててきた。卓也の医療費がかさむ中、静江は昼夜働いた。

今日は長男稜也の晴れ舞台。静江は仕事をパート仲間に替わってもらい、応援のために次男の卓也と一緒に多摩川グラウンドに駆けつけたのであった。

### 3

ロミは、病院・薬局薬剤師交換研修プロジェクトの一環として、二週間の予定で城央医科大学附属病院の移植外科で研修を受けていた。午前中、成都調剤薬局が忙しい時間はそちらの仕事をこなし、午後来局者が減る時間帯に入ってから大学病院に赴く。

ロミは以前から移植医療に興味があった。

先進諸国では移植医療は当たり前に行われているのに、日本では思うように進んでいない。臓器提供者数が先進諸国の中では格段に少ないのがその理由だが、臓器提供に前向きな国民が多いのに、それを移植まで結びつけていない。

その辺の内情を良く知って、改善につなげたい。そんな思いがロミにはあった。

臓器移植の臨床は薬剤師が最も活躍できる医療現場の一つである。薬物療法が移植患者にとっていかに重要かは、その日の午前中にロミが開講した「医薬トリビア」の内容を顧みても明らかである。

免疫抑制薬を正しく服用していた腎移植患者とそうでない患者間で、移植後の拒絶反応発現率を五年間にわたって比較したところ、前者では五パーセント程度であったのに対し、後者では二十パーセントと明らかに拒絶反応発現率が高かったという海外の報告もある。そして免疫抑制薬の正しい服用法を患者に分かりやすく説明することは、薬剤師の職能の一つである。

一方で、移植患者の免疫抑制薬物療法は血中濃度監視下に行う必要があり、それに関する技能と知識はいろいろな医療職種の人たちの中でも薬剤師が最も得意とするところである。

こうした背景から、ロミは薬剤師の介入が求められている移植外科病棟の病棟薬剤師として現場に入ることになった。

臓器提供の鍵を握る移植コーディネーターとも深く関わり合い、移植医療の現状を一から学ぶ。そして薬剤師として、日本の移植医療を推進するための新たな道を切り開く。それがロミの希望であった。

交換研修プロジェクトへの参加が決まる前、ロミは薬局長の神谷に懇願した。

「医大病院で是非、移植コーディネーターの仕事も含めた移植医療を学びたいのです。参加させてください」

だが案の定、神谷は眉をひそめた。

「調剤薬局の薬剤師が移植コーディネーターから何を学ぶんだ」

ロミが両掌《てのひら》を合わせて拝むように、

「薬局の日常業務には、できるっ……だけ、支障をきたさないように頑張りますから。お願いします！」

と、「できるだけ」というところを強調してせがむと、神谷はしぶしぶ承知した。というよりも、どうせ強引に承知させられるのだから、あまり長く関わっていると隠れてやってる株の売買の時間が無くなるので早く追い払いたかった、というのが多分本音だ。

ともかくもこうして神谷の許可を得、ロミの移植外科病棟での研修が決まった。
城央医大病院の移植外科病棟に行って、自分の考えていることや学びたいことなどを伝えると、移植外科医の長谷川《はせがわ》は歓迎の言葉で迎え入れてくれた。

「薬剤師さんが手伝ってくれるとはありがたい。ここでは仕事がいっぱいありますよ」

長谷川は城央医科大学移植外科学教室の講師で、まだ三十代前半と若い。痩身《そうしん》で背が高く、色白だが髪の量が多くて眉も濃い。

彫りの深い顔つきからは、しっかりとした信念と重い使命感をもって移植医療に携わっている姿勢が垣間見《かいまみ》える。

長谷川医師は、先ずロミを大学病院六階にある移植外科病棟のカウンセリング室という所に連れて行った。

その部屋の厚いドアにガラス窓はなく、カウンセリング室は閉鎖的で回廊から完全に隔離されているように見える。だが長谷川について室内に入ってみると、正面と左の二方向に大きな窓が設けられ、壁、床、天井はクリーム色で統一されていたので、中はとても明るく外の自然とも繋がっているような印象を受けた。

部屋の真ん中には六人がけのテーブルとイスがしつらえられ、そのうちの一つに一人の女性がこちら側を向いて座っていた。女性は長谷川とロミが入って行くとイスから立ち上がり、二人を代わる代わる見ながら会釈した。

「こちらは臓器移植コーディネーターの坂井《さかい》さんです。この方が成都調剤薬局の薬剤師の薬師寺先生」

長谷川が二人をそれぞれ紹介すると、坂井はロミに握手の手を差し伸べた。

移植コーディネーターには、臓器を提供する側に寄り添うドナーコーディネーターと、移植を受ける側をサポートするレシピエントコーディネーターがある。坂井の主な役割は前者だったが、最近ではコーディネーターの人手不足から、坂井はその豊富な経験を生かしてどちらの仕事もこなしていた。

大き目のマスクをしているので正確な年齢は分からないが、三十代後半といったところだろうか。マスクの上の眼が、目じりにしわを寄せながら笑っている。

黒髪はストレートで肩のあたりにまで伸ばし、細面の小さめの顔は優しい印象を与えた。身長はロミとほぼ同じで、上下白衣を着ている。その上に、紺のカーディガンをまとっていた。

握手を交わしながら、ロミも簡単に自己紹介し、自分がここに来た目的を告げた。坂井が元の席にかけ、その横に長谷川がそして坂井の対面にロミが着くと、坂井が言った。

「移植に興味を持ってくださる医療関係者が、一人でも増えることは歓迎です。でも……」

そこで言葉を切った坂井は、ロミの目を見てから続けた。

「コーディネーターの仕事は、深夜突然に発生することもあるのよ。いつ呼び出されても、病院に駆けつける覚悟があなたにはありますか」

すぐに「はい」と返そうとして、一瞬の間、逡巡《しゅんじゅん》する。

午前中の薬局業務の際に呼び出されたらどうしよう。まあいいや、その時は店長に押し付けちやえ……。

「はい」

しっかりと返答する。坂井は微笑むと、

「まあ、そんなことはめったにありませんけどね。移植コーディネーターって、人の命を預かっているんです。それはあなた方も一緒だと思うけれど、脳死の患者が出たり、突然の死体腎ドナーが発生したりすると、夜も昼もないんです。そこのところを分かってほしかったのです」

首肯し、長谷川講師の反応を横目で窺う。その目線を受け、長谷川が補足した。

「この世界、体力勝負のところもあることは事実ですね。でも坂井さん、最初からあんまり脅かすと、せっかく来た薬剤師さんが逃げちゃうよ」

「いえいえ、そんなつもりじゃ……」

坂井は苦笑して返した。そこで長谷川がイスから立ち上がった。

「これから病棟回診なので僕はここで失礼するけれど、このあと腎移植を希望する人が坂井さんに相談に来るそうなので、薬師寺先生もカウンセリングに同席させてもらったらどうかな」

長谷川は坂井の方を見ながら言った。

「わかりました。薬師寺さん、それでいいですか」

坂井が訊いたがもちろん断る理由はない。ロミはうなずいた。

4

カウンセリング室で、ロミと坂井がお互いの仕事の内容などを伝えあっている時、移植外科の秘書の女性が、中年の女性と中学生の男子生徒を連れて部屋に入ってきた。

「河西さんをお連れしました」

客人を紹介すると、秘書はすぐに退室して行った。ロミと坂井はイスから立ち上がり、二人を迎え入れた。

「河西静江と申します。こちらは私の次男の卓也です」

河西卓也は、かぶっていたつばの長いスポーツ帽を脱いで、丁寧にお辞儀をした。

「私が移植コーディネーターの坂井です。こちらは薬剤師の薬師寺さん」

「薬師寺です。よろしくお願いします」

腰を折ると、河西母子もそれに合わせて頭を下げたが、河西静江の顔には、

「どうして薬剤師が同席しているのだろう」

という怪訝な表情が窺えた。それを察したのか、坂井が補足説明する。

「薬師寺さんは薬剤師ですが、薬物療法の専門家として移植医療に携わる予定です。きめ細かな薬物療法を施すためにも、移植前の患者さんとお話をして治療に備えたいとのことで、今日は私に同席してもらいました」

静江はその説明に得心し、示されたイスにかけた。その隣に卓也も座る。

二人がかけるのを待ってから、坂井とロミも席に着いた。

ロミは中学生の卓也の様子を観察した。

なで肩だが上背があって、中学生にしては骨格もしっかりしている。だが痩身で顔色も良くない。少し浅黒い肌は、透析患者によく見られる兆候だ。

「息子さんの移植を希望されているのですか」

坂井が話を切り出した。

「ええ。この子はまだ中学生で、これから長い人生を送らなければなりません。透析を始めてから半年経ちましたが、生活の多くの部分に支障が出ています。早いうちに移植をして、周りの友達と同じような学生生活を送らせてやりたいのです」

この年齢で透析に至る症例は希《まれ》だが、急性糸球体腎炎が慢性腎炎に移行し、その後腎不全へと病状が進行する場合もある。卓也の病態は、そのような不幸な転機を辿《たど》ってしまったのだろう。

坂井は二つ三つうなずき、視線を卓也の方に移した。

「卓也君。あなたご自身は、今お母さんが言われたように、腎移植を受けたいと考えていますか」

すると卓也はゆっくりと面を上げ、坂井に目を向けた。

「正直言って、良く分かりません」

静江は横に座る卓也を見る。しかし口出しはしなかった。

卓也は言葉を継いだ。

「でもお母さんの話を聴いたり、ネットで透析患者さんや腎移植のことを調べたりしていて分かったんですけど、腎移植患者さんは健康な人と同じに何でもできるみたいですね」

坂井は深くうなずいてそれを肯定する。

「透析療法は以前に比べると格段に進歩して、透析患者さんはずいぶんと長く生きることができるようになりました。

でも、卓也君も知っての通り、患者さんは透析するために週三日や四日は病院に行かなくちゃならない。一回の透析時間が四、五時間はかかる。それに透析のためのシャント形成、つまり腕などに新たな血管を手術で作ったりすることも必要でしょ。そこからばい菌が入ったりしたら大変よね。透析の後に出てくる全身のかゆみなんかもつらいでしょ。

それに比べると、腎移植を受けた患者さんは、免疫抑制薬を生涯飲み続ける必要はあるけれど、後の生活は健康な人と全く変わらないのよ」

「サッカーもできるようになりますか」

唐突に卓也が訊ねた。

「できるわ。私の知っている移植患者さんなんか、プロ野球の選手にまでなったわよ」

今までどんよりしていた卓也の瞳が、その時初めて輝いた。

「オレ、兄ちゃんのようにドリブルで相手選手を何人もかわしてゴールを決められる選手になりたいんです」

「なれるわ、君ならきっと」

そんな二人のやり取りを聞いていた静江が、おもむろに坂井に訊ねた。

「卓也に合った移植腎が見つかるまでには、どのくらいの時間がかかるのでしょうか」

「そうですね。ここで卓也君の意思が確認できたら、一般検査や組織適合性の検査を実施した後に日本臓器移植ネットワークに献腎《けんじん》移植待機中の旨、登録手続きをしていただきます。その後は、待機日数や組織適合性などの条件を加味しながら、登録順にドナーが割り当てられて行きます。

もちろん条件によって、順番は大きく入れ替わったりもしますが、待機の年数は、腎移植の場合、平均約十五年です」

「えっ、十五年……」

静江は一瞬言葉を失う。室内にしばしの沈黙が生じた。

「十五年というと、オレは、ええと、二十九歳……。それまでサッカーできないの？」

卓也が不満を漏らした。ロミも眉をひそめる。

統計値はあくまで平均値であって、卓也の場合はもっと短いかもしれない。しかしそれにしても待機時間が長過ぎる。

献腎移植の場合、移植腎は死体腎である。事故などで亡くなった患者が生前臓器提供の意思を表示していたか、あるいは本人意思確認が無くても家族がそのことに同意すれば献腎は可能だ。だがいつどこで誰が亡くなって、その家族が献腎を申し出てくれるか否かは、全て運でしかない。日本では最先端の移植医療を受けることが可能であるにもかかわらず、肝腎《かんじん》の腎臓が手に入らないため、移植症例数が先進諸国の中では飛び切り少ないのだ。

ともかくも、献腎移植待機者として登録を済ませておかなければ、移植を受けることはできない。坂井は卓也の本人意思の確認をもう一度行ってから、静江と卓也に対して登録手続きの詳細を説明した。そこでロミも一緒に、坂井の説明から登録手続きの具体的な内容を学んだ。

坂井からの一通りの説明が終わったところで、静江がポツリと言った。

「献腎移植については今の坂井さんのご説明でよく分かりました。ところで、献腎移植の待機時間が平均十五年と聞いて、私としましては生体腎移植も視野に入れた選択を考えないといけないと思っているのです」

坂井とロミが、同時に静江に目を向けた。そして坂井が小さくうなずくと、静江の発言に応じた。

「生体腎移植とおっしゃいますと、どなたかご家族の方が卓也君に腎臓を提供するということになりますね」

静江はゆっくりと首肯する。すると卓也が、うつむいていた顔を上げて驚いたように目を見張り、静江に対して訊いた。

「家族って、お母さんのこと？」

「あなたはちょっと黙っていて」

卓也の質問を答えることなく退け、静江は坂井に迫った。

「私を検査していただけませんか。卓也と適合性が良ければ、私の腎臓を卓也に移植することができるのでしょう？」

坂井は、静江の質問を冷静に受け止めると、静江と卓也を代わる代わる見ながら答えた。

「お母さんも卓也君もそれに同意されるなら、そしておっしゃるように組織適合性に問題が無ければ、お二人の間の生体腎移植はもちろん可能です」

それを聞いていた卓也が何か言おうとした時、カウンセリング室の入り口のドアをノックする者があった。

## 5

移植外科学講座の秘書に案内されて入ってきたのは、背が高くて健康そうな、活気あふれる青年であった。

「稜也、何しにここへ」

「兄ちゃん、どうしたの？」

河西稜也は母と弟をちらと見てから、テーブルの向こう側に座っている坂井とロミを認めて丁寧にお辞儀をした。

「母さん。卓也が移植することにしたのなら、オレにも相談してくれよ」

稜也は、振り向いて自分を見る母の静江に向かって、不満そうな顔をあらわにした。

「卓也が献腎移植待機者として登録する話は、前にあなたにしたでしょ。登録を早くしておかないと、卓也のドナーが現れるのはいつになるか分からないわ」

「オレもネットで調べたんだ。献腎移植の待機年数は平均十五年だというじゃないか。卓也はそんなに待ってられない」

稜也は坂井やロミが同席していることを気にもせず、母を追及した。そこへロミが割って入った。

「稜也さん。私たちは今、丁度そのことについて話し合っているところでした」

稜也は、母への鋭い視線を今度はロミに向けた。

「どういうことですか」

ロミと稜也の視線がぶつかる。

「まずは、そこにお掛けになったらどうですか？」

稜也がまだ何かに興奮していることに気付いたロミは、まずは稜也を落ち着かせようと思った。稜也は小さく息を吐いてから、ロミが指し示す静江の右手のイスにゆっくりとかけた。静江の左側には卓也がいた。

稜也が着席するのを待ってから、ロミは続けた。

「稜也さん。あなたが来られる少し前に、お母さんから移植腎を提供したい旨、お申し出があったんですよ」

稜也は隣に座る母を見た。静江はその視線を受けながら、稜也に向かって首肯する。すると卓也が心配そうなしゃがれ声を出した。

「ねえ、お母さんの腎臓をオレがもらったら、お母さんはどうなっちゃうの」

「大丈夫、心配しないで。お母さんが卓也君にあげる腎臓は一つだけよ。人間は腎臓を二つ持っていて、それが一つだけになっても病気になることは無いのよ」

坂井が卓也の不安を払拭する。

「そうなんだ」

卓也は少し安心したようだ。そこで稜也が主張した。

「オレの腎臓を卓也に移植すればいいじゃないか。多分、兄弟だから母さんのよりオレの腎臓の方がうまくいく」

静江と卓也はその言葉に驚き、稜也を見た。

「稜也……」

静江の口からは、その後の言葉が続かなかった。

だが卓也は違った。卓也は、兄に向かって猛然と抗議を始めた。

「ダメだよ兄ちゃん。オレに腎臓をくれると簡単に言うけど、腎臓を採る時には手術でお腹《なか》を切らなくちゃなんないんだろ。そんなことをしたら、兄ちゃんはサッカーできなくなっちゃうじゃないか。

オレは兄ちゃんにＪリーガーになってほしいんだ。オレ、兄ちゃんの腎臓なんていらんよ。それで兄ちゃんがサッカーできなくなったら、オレのせいになっちゃうじゃないか」

卓也は泣き叫ばんばかりに声を荒らげると、突然転じて下を向き黙り込んだ。

しばしみな無言だったが、やがて坂井が卓也を諭《さと》すように話し出した。

「卓也君。あなたの心配は分かるけど、今では腎臓の摘出手術もずいぶんと進歩しているのよ。例えばドナーから左の腎臓を取り出す場合には、左の脇腹《わきばら》に一センチメートルくらいの穴を三ヵ所だけ開けて、そこから内視鏡やレーザーメスを入れて腎臓を取り出すの。

以前は三十センチメートルくらいメスで切開しなくてはならなかったのが、今では脇腹に開けた穴の一つを広げてそこから腎臓を取り出せるので、だいぶドナーの負担を軽減できるようになったのよ。手術時間は三、四時間で済むし、入院期間は三日前後よ。傷もほとんど残らないわ」

坂井の説明に得心した様子はなく、卓也は黙ったままうつむいていた。

稜也は、勢い卓也に対して自分の考えを繰り返した。

「腎臓は一つでも健康な生活を送れる。ドナーの手術も、それほど大きな負担はない。だからオレの腎臓を片方卓也にやるって言ってるじゃないか」

だが卓也は黙って、激しくかぶりを振っている。

「オレのことは心配するな」

なおも稜也が言い募ると、卓也は半分べそをかくような声で言った。

「兄ちゃんがサッカーできなくなったらオレのせいだ。オレ、兄ちゃんには絶対手術なんかしてもらいたくない」

「卓也の分からずや」

稜也は突然イスから立ち上がり、卓也を一喝すると、そのままカウンセリング室を出て行った。

わがままを言っているようだが卓也の気持ちも分からなくはないな、とロミは思った。

日本で献腎移植の数がもっと増えていたら、健康人である家族の腎臓を取り出して移植する生体腎移植の例数は減るだろう。医療側にしてみれば、健康な人の身体に傷をつける生体腎移植医療は積極策ではなく、むしろ最後の切り札くらいにしたいところだ。できればそれは避けたい。

しかし移植待機者の数に比べて圧倒的に足りない献腎を十五年も待つというのは、将来のある若い人にとってはあまりに酷である。こうしてロミは、日本の移植医療の大きな問題点に、自身早くも直面することになった。

「献腎待機者登録は早急に行っていただくとして、次にお母さんの先ほどのお話はどうされますか」

稜也が去った後のしばしの沈黙の後、坂井が静江に対して訊ねた。

「私が卓也に腎臓を提供するというお話ですね」

「ええ。卓也君の献腎ドナーが早く見つかればいいのですが、私どもとしてはその時期を卓也君にお約束することはできません。お母さんがドナーになるということも含めて、生体腎移植についてはもう一度ご家族で話し合ってみてはいかがでしょう。

　卓也君がどうしてもお兄ちゃんの腎臓はもらえないということであれば、とりあえずお母さんだけ検査をしてドナーとしての条件を満たしているかどうか知っておくということも、選択肢の一つかもしれませんね」

「そうですね……」

　静江は呟いて、隣にいる卓也を見た。卓也は意固地になったように、相変わらず黙って下を向いている。

「分かりました。おっしゃるように、もう一度稜也を含めた家族三人で話し合ってみます」

　坂井に向き直ると、静江がそう結論した。

## 6

　それから二週間が過ぎた。

　その間ロミは、城央医科大学附属病院の移植外科病棟で、移植医療に関する様々な経験を積んだ。

　臓器移植コーディネーターの仕事や患者とその家族とのやり取り、入院中の移植患者に対する免疫抑制薬を中心とした処方薬の服薬説明、薬物血中濃度に基づく腎移植患者の免疫抑制薬物療法の投与設計、等々。

だが残念なことに、ロミが研修していたこの二週間に新たな移植症例が発生することは無かった。そのため、ドナーコーディネーターの仕事や移植オペ見学など、予定していた研修内容を全て網羅することもできなかった。

薬局長の神谷に、研修期間を延長してもらえるよう嘆願したが、神谷からは、

「ダメダメ。この二週間、君がいない午後はもうてんやわんやだったんだから。君だって、これ以上来局の患者さんに迷惑かけたくないでしょ」

と、今度こそ一蹴された。

「患者さんに迷惑かけたくない」

という神谷の言葉が殺し文句になって、ロミは仕方なく引き下がった。

その日午後五時。大方の薬局業務を終え、二人の女子学生も帰し、調剤室の掃除と翌日の業務の準備などをしているところに、スマホの着メール音が鳴った。

休憩室に入ってメールを見ると、城央医科大学病院移植コーディネーターの坂井からだった。

「緊急でお話ししたいことがあります。明日午後六時以降、移植外科病棟のカウンセリング室でお会いできないかしら。連絡お待ちしています」

思いもよらぬ人からの、思いもよらぬ内容のメールだったので、ロミは首をひねった。だがいつか坂井が言っていたあの言葉を咄嗟に思い出す。

「コーディネーターの仕事は、深夜突然に発生することもあるのよ。いつ呼び出されても、病院に駆けつける覚悟があなたにはありますか」

明日は特に残業などの予定は入っていない。すぐに、

「わかりました。伺います」

と返信を出した。

翌日、午後六時ちょうどに移植外科病棟カウンセリング室に行ってみると、そこで坂井が待っていた。ロミはかしこまって、対面のイスに背筋を伸ばして着いた。

坂井のメールには、「緊急で話したいことがある」旨述べられていたが、移植外科病棟では研修生だった身の自分に、一体どんな話があるのだろう。

「薬師寺さん、今日はお忙しいところ呼び出したりしてすみませんでしたね」

そう前置きしてから、坂井は切り出した。

「実は、河西卓也君の腎移植の件で、是非あなたのご意見をお聞きしたいことができたのよ……」

怪訝な顔で坂井を見つめ返す。坂井はテーブルの上で両手の指を組み合わせた。

「その前に、一つあなたにご報告しておかなければならないことがあります。それは、息子さんの生体腎ドナーとなることを申し出た、河西静江さんの検査結果のことです」

「結果はどうだったのですか」

坂井はすぐには応えず、

「先ず断っておかなくてはならないのですが……、いやこれは医療人のあなたにとって当然のことなのでお断りする必要もないと思いますが……、河西さんの個人情報については守秘義務をご了承ください」

無言でうなずく。それを確認すると、坂井は言葉を継いだ。

「河西静江さんは、息子さんの卓也君の移植腎ドナーとして不適合でした」

「えっ……」

一瞬戸惑うロミ。

「そうでしたか。それは、組織適合性つまりＨＬＡマッチングの問題ですか」

気を取り直して訊ねると、坂井は首を横に振った。

「ＨＬＡマッチングは移植可能という結果でした。母子の組み合わせですからね。ただ……」

「ただ？」

「ええ。実は、河西静江さんの腎臓は、二つあるうちの一つがほとんど機能していなかったのです」

「………」

「こういうことは希にあります。河西さんの場合、原因は不明ですが片方の腎に線維化が見られ、治療の必要はないものの移植には適さないことが分かりました。つまり河西さんはこれまで、残った一つの腎臓だけで支障ない生活を送っていたのです。もちろん本人も、そのことには気が付かなかったのですね。

さて、お母さんの片方の腎臓が機能していないということになると、当然ながら残った一つを息子さんに提供するために摘出するわけにはいきません。つまりお母さんは卓也君の生体腎ドナーとして不適格という判断を、私たちは下しました」

坂井の目を見ながら首肯すると、坂井も不安そうなロミの様子をじっと見つめている。ロミは坂井の本題を早く知りたくて訊ねた。

「それで、坂井さんからまだご相談の件を伺っていないうちから恐縮ですけれど、移植医療経験の浅い私が、坂井さんのご相談に対して一体何ができるのでしょう」

だが坂井は微笑むと、テーブルの上で組み合わせていた両手の指を解き、かしこまった様子でその手を膝の上に乗せた。

「そう難しいことではありません。私はただ、医療人としてのあなたのご意見を聴きたいだけです……」

## 7

河西静江と卓也が城央医科大学附属病院の移植外科病棟のカウンセリング室を訪れ、移植コーディネーターの坂井とロミを前に、献腎移植と生体腎移植の相談をした日から三ヵ月が過ぎた日のことであった。

移植コーディネーターの坂井から、河西卓也に突然電話が入った。

坂井は、卓也が学校を終わって帰宅した後の時間帯を計って電話をかけてきた。電話に出た本人が卓也であることを確認してから、電話口で坂井は言った。

「卓也君ね。城央医科大学附属病院の移植コーディネーターの坂井です。私のこと、覚えていますか」

「はい」

「卓也君は、献腎移植待機者として、日本臓器移植ネットワークに登録してくれましたね」

「はい。母が一緒にいて、登録を済ませました」

「では、これから私の言うことを良く聴いてください」

坂井は淡々と続けた。

「今日、男子高校生の腎提供者が発生しました。この男子高校生は、臓器提供意思表示カードによって臓器提供の申し出をしていました。ご家族もご本人の意思を尊重しています。

そこで今卓也君の意思を確認したいのですが、どう？　卓也君、このドナー腎の移植を受けない？」

「…………」

卓也の口からは、咄嗟に言葉が出なかった。

卓也は腎移植のレシピエントとして日本臓器移植ネットワークに登録されていたので、組織適合性など条件に合ったドナーが発生した時には、城央医科大学附属病院の移植コーディネーターから連絡が来ることになっていた。今まさにその連絡が入ったのである。

だが、献腎ドナーの待機時間が平均十五年と聞いていた卓也は、そのことでも驚いた。あれからまだ三ヵ月しか経っていないのだ。

移植を希望する患者が献腎ドナーを引き当てる確率は高くは無い。しかし、その連絡は突然にやってくるのが常だ。

「もしもし、もしもし……卓也君、聞いてる？」

電話口の向こうでは、坂井のやや上ずった声が続いている。

「あの……。お母さんと相談してからでもいいですか」

卓也はしどろもどろに返した。

「もちろんよ。今お母さんおうちにいる？」

「はい」

「では、一時間以内にお返事もらえるかしら。お母さんと相談することはもちろん必要だけれど、でも卓也君、決めるのはあなたよ。あなた自身の大事なことなのだから。

もし卓也君が今回は無理ということでしたら、このドナー腎は諦めて、あなたは次のドナーが現れるのを待つということになるわ」

「……はい、分かりました」

「私の電話番号はお母さんがご存知だと思うけれど、念のため言うわね。メモはある？　私のスマホの番号は、〇九〇の五七三五の……」

メモを取って電話を切ると、卓也はキッチンで夕飯の支度《したく》をしている静江の下に飛んで行った。

電話の内容を静江に伝えると、静江は最初驚いてから、続いて飛び上がらんばかりに喜んだ。

「すごいわ卓くん。十五年待たなくてはならなかったかもしれない幸運を、たった三ヵ月で引き当てるなんて」

続いて静江は夕飯の支度を途中で放り出し、入院のための着替えやパジャマや洗面道具や当面のお金や、その他もろもろの準備をあっという間に調えると、早速スマホを取り出して坂井に電話をかけた。

しかし当の卓也の方は、なぜかこれから起こることが自分事としてとらえられない。

母の静江の腎臓が片方働いていないという検査結果は、静江から聞いて知っている。

一方兄の稜也からの腎提供の申し出をかたくなに拒んだ卓也に残された選択肢は、献腎ドナーの発生を待つしかなかったのだ。それが思いのほか早く現れたことに、卓也は戸惑いを隠せない。

献腎待機者がドナーを引き当てた時の心境は、みなほぼ一様である。驚きと動揺、逡巡、そして喜びと不安。だがこのチャンスを逃してしまったら、次は十五年先か二十年先か……。

中学生の卓也の幼《おさな》い心は、大きな決断を迫られていた。

卓也は兄の稜也にもメールしてみた。稜也はまだ明陽高校でサッカーの部活に励んでいるはずだ。

静江はスマホで坂井と話をしている。メモを取りながら、諸注意などを確認しているらしかった。

腎臓を移植されれば、四時間も五時間も拘束される透析を、週に三回も四回も受ける必要がなくなる。水分や塩分の制限もない。

何よりも、思う存分サッカーができるようになる。

もはや躊躇している場合ではなかった。覚悟を決めなければならない。

意外に早く稜也から返信メールが来た。

「いまさら何を迷ってる。オレと一緒にサッカーしたくないのか」

兄のその言葉で、卓也はフッ切れた。

翌日、午前九時。

城央医科大学病院移植外科の手術室にて、河西卓也十五歳の腎移植術が行われた。

手術室に入って行く卓也を、母の静江と兄の稜也が見送っていた。

移動ベッドにあおむけに横たわる卓也の手を握りながら、稜也が励ました。

「絶対うまくいく。これでお前は透析に苦しむことなく、何でもできる健康体を手に入れる。そうしたら、一緒にサッカーをやろう」

「うん……」

兄の手は熱く、そしてその手に握られた手は痛かった。

## 8

卓也はオペ室の真ん中に設置された手術台の上に、あおむけに寝かされていた。麻酔の管理下にあって、すでに卓也の意識はなかった。

執刀は長谷川外科医が担った。ロミは、長谷川医師の許可を得てオペ室に入り、長谷川の斜め後ろに立って移植手術を見学していた。

オペの一部始終を知ることも、移植医療の一端を担う薬剤師になるためには必要なことだと、長谷川から提案があったからだ。

オペではまず、右側下腹部に移植腎を埋め込む切開創がもうけられた。そしてその上へ、真ん中に直径三十センチメートルほどの丸い穴の開いた薄青色の滅菌布がかぶせられた。こうして切開部以外患者の肌は隠される。これは、患者の体温が無駄に失われないための工夫でもある。

　長谷川の左横では、助手の医師がドレーンを操って患部に溜まる血液をこまめに吸い出している。小さな出血部位はレーザーメスで焼いて止血し、それでも止まらない場合は、細かい血管でもいちいち糸で結紮《けっさつ》して完全に出血を止める。

　移植外科病棟看護師が、彼らの前に横たわった卓也の右足元に立って、手術器具を広いステンレス製のテーブルの上から慣れた手つきで医師らに手渡している。大小様々な手術器具が、まるでフランス料理のフルコースのテーブルに添えられたナイフ、フォーク、あるいはスプーンのように、順番にそろえられている。病棟看護師は、無数にあるそれら手術器具の執刀医への手渡し順を熟知している。

　患者である卓也の枕元《まくらもと》では、パソコン接続のモニターが定期的な機械音を発している。それは、黒い背景に緑や橙色の折れ線グラフをリアルタイムで描きながら、血圧、脈拍、体温、酸素分圧とともに心電図を表している。熟練の麻酔科医が一人、それを入念にチェックしている。

　手術室内には、静かな弦楽四重奏の音楽が流れていた。手術スタッフの緊張をやわらげるためのものだ。

　長谷川のメスは今、患者の外腹斜筋膜を露出し、さらに下腹壁動静脈を探り当てるまでにいたっていた。これを二重結紮して切断し、傍腹直筋切開を下方へとのばす。後腹膜を剥離《はくり》し、続いて外腸骨動静脈の剥離にかかる。

　そしてオペ開始から一時間ほどで、内腸骨動静脈の露出にまで術式は進んだ。

　内腸骨動脈はテープでくるみ、末梢側に向かって血管を剥離して行く。血管の分岐は糸でしっかり結紮してから切断する。

この内腸骨動脈は腹部大動脈とも呼ばれ、骨盤内の臓器や組織に血液を送る主要な動脈の一つである。移植される腎臓の動脈はいずれこの血管へ導入され、結紮される。

ここでレシピエントの卓也は、移植可能な状態となった。額に汗をにじませていた長谷川医師の鋭かった眼光が、そこで柔和なものに変わった。

すぐそばで見学していたロミは、こうして執刀医の微妙な心の動きすら捉えることができた。

「移植腎を運んでください」

手術台から少し離れた所で移植腎の管理を担当していた若い助手の外科医に向かって、長谷川が指示を出した。

「了解しました」

助手の外科医が応える。

卓也に移植される左の腎臓は、腎灌流《かんりゅう》装置と呼ばれる、移植腎を灌流保存する装置の中で保存されていた。

この腎灌流装置は洗濯機ほどの大きさの直方体で、上部約六分の一が、持ち上げフタのついたプラスチックケースになっている。その中に腎臓を固定する部位があり、下からは一つの腎臓につき二本、計四本の合成樹脂製の管が出ている。

つまりこの装置は一度に二つの腎臓を灌流することができるが、今装着されている腎臓は卓也に移植する左腎のみであった。

ソラマメ形の腎臓は大人の握りこぶし大で、真ん中のややくびれた部分から腎動脈、腎静脈、および尿管がそれぞれ一本ずつ出ている。
灌流装置に装着されている二本の管の一方を腎動脈に、他方を腎静脈につなぎ、薬品を含んだ灌流液を動脈側からペリスタポンプを使って一定速度で流し込み、腎を灌流している。こうしておけば、移植腎をあたかもドナーの身体の中で血液循環が行われているような状態に保つことができる。移植腎組織や動静脈内に残っている血栓を洗い流せる利点もある。

ロミは、若い助手の外科医の傍らで灌流されている移植腎を見やった。そこでは、摘出された左腎が、灌流液の圧力によって脈打っていた。

この左腎は色艶《いろつや》といい、形状といい、すこぶる良好な状態で、尿管から灌流濾液《ろえき》をこし出している。それを、助手の外科医が灌流装置から慎重に外し、薄いゴム手袋をした両手に持ってステンレス製のトレイに移すと、トレイごと大事そうに長谷川の下に持ってきた。

「灌流圧や酸素分圧などが示す移植腎の状態はとてもいいです」

助手の外科医が報告すると、長谷川は、

「ありがとう」

と返した。

助手から移植腎を受け取った長谷川は、腎臓を手にするとそれをひっくり返したり動静脈の長さを調べたりして、外形に入念なチェックを入れていた。ロミも長谷川のすぐ近くでそれを確認できた。

今長谷川は、腎動静脈の適切な切《き》り貼《ば》り位置を探しているようだ。

移植腎の血管や尿管とレシピエント体内の血管が互いに絡まぬよう、そして血液がスムーズに移植腎を循環するよう、長谷川はレシピエント体内における移植腎の立体的な配置を慎重に検討している。

やがて彼は満足したように、その左腎を患者の切開部内へゆっくり大事そうに運んだ。

腎臓からは動脈血管、静脈血管、そして尿管という三本の管が出ているが、腎移植ではこれらの管を各々レシピエント腹腔《ふっこう》内の動脈、静脈、そして膀胱につなぐ。

まず移植腎の腎動脈とレシピエントの内腸骨動脈が吻合《ふんごう》・結紮され、さらに腎静脈とレシピエントの外腸骨静脈が吻合されて行く。続いて尿管と膀胱の吻合が進む。異所性腎移植では、レシピエントの病んだ二つの腎臓には一切手を付けない。

長谷川の両手はロボットのように的確な位置へ移動し、的確な位置で止まって、プログラミングされたようにオペ操作を続けた。

オペ開始からすでに二時間以上を経過しているというのに、なんという新鮮さ、そして緊張感であろう。ロミは立ちっぱなしの疲労も忘れ、神々しいまでの長谷川のメスさばきに見入っていた。

こうして卓也に対して行われている腎移植術は、午前十一時半ごろに最大のクライマックスを迎えた。

腎動静脈と尿管の吻合が終わり、いよいよ腸骨動脈の鉗子《かんし》をはずすところまで来たのである。移植された腎臓に新鮮な動脈血を送る腸骨動脈の鉗子が外されるまでは、移植腎への血流はない。この時まで、移植腎はさながら肉屋の店先に並んでいる血の気を失ったレバーのようなあせた色をしていた。

それは一つの厳粛なセレモニーであった。

長谷川の手でかんしが外されると、まさに堰を切ったがごとく、レシピエントの真紅の動脈血が一気に移植腎内に流れ込んで行った。そして、まるでスポーツスタジアムの観客席で起こったウェーブがその波動を伝えて行くように、血液の波がさあっと腎全体へ広がって行く……。

握りこぶしほどのその小さな臓器が灰褐色から見るみるピンク色に変わって行くのが、ロミの目にも明らかであった。

移植腎に流れ込んだ血液は、その豊満な組織の機能に委ねられ、瞬時に繊細な濾過作業を受けた。そして移植腎は、驚くべき勢いで膀胱へと尿を排出しはじめた。

まさにそれは、あっという間の出来事だった。

手術スタッフ一同から、思わず小さな歓声が上がる。

「いい腎臓だ」

尿管吻合のために開けられた膀胱の切り口からその様子を見て取った長谷川は、そう呟くとさも満足そうに膀胱切開部の吻合にかかった。

移植腎の状態によっては、移植後すぐには働かず、尿生成まで数日を要する場合がある。しかしこの移植腎はベストな状態であった。

患者の体内に蓄積されていた尿毒症の病原は、移植された腎臓によってこし出され、やがてレシピエントの身体から速やかに取り除かれて行くことであろう……

## 9

午後二時。

手術は無事終わった。手術室から出てくる卓也の移動ベッドには、母の静江が寄り添った。

卓也はそのままＩＣＵに運ばれ、集中治療下に術後観察が行われた。

翌日には全身状態に問題が無いことが確認され、卓也はその日のうちに移植外科の一般病棟に移された。

卓也は透析から解放され、徐々に健康を取り戻して行った。

卓也のスマホには、毎日稜也からメールが来た。その時稜也は、関西の高校との練習試合があり、大阪の方に遠征していて数日東京を離れているとのことであった。

「卓也。オペの経過は順調だと母さんから聞いた。早く良くなって一緒にピッチに立とうぜ！」

稜也のメールは大体そんな調子だ。卓也もすぐに返す。

「オレの方がうまくなってやる！」

卓也の移植手術が終わってから三日後の昼前、稜也は薬剤師のロミと一緒に卓也の病室に入った。

卓也は一般病棟に移されてから一週間は個室で治療を受ける。その後は四人部屋の病室に移される予定だ。

「おう、元気そうだな」

ベッドに横たわる卓也の顔を見て稜也が言った。術後、兄弟の対面は初めてであった。卓也の傍には、今日も付き添っている母静江の姿があった。

稜也はトレーナーにジャージというラフな格好だ。その後ろに白衣姿のロミが立つ。

「兄ちゃん、関西の高校との交流試合はどうだった」

開口一番、卓也が訊いた。

「うん、まあな……」

稜也は適当に受け流す。

「その返事の仕方は、どうも負けたらしいな」

卓也が突っ込みを入れる。

「交流試合は、結果じゃないからな」

稜也はお茶を濁すと、巧みに話題を変えた。

「いい腎臓を引き当てたようで良かったな」

「ああ。ドナーは男子高校生だったというけど、それ以上は教えてもらえないんだ」

静江は自分が座っていたイスから腰を上げ、イスを稜也に差し出した。稜也は遠慮なくそれに掛けた。

「ドナー情報をレシピエント側に明かさないのはルールです」

ロミが誰にともなく告げると、卓也はどこか遠くの方を見る目で呟いた。

「その子に感謝しているよ。その子のためにも、オレは早く良くなって兄ちゃんのようなサッカー選手になるんだ」

卓也の独り言に、みな大きくうなずいている。

「早く退院するためにも、薬はしっかり飲んでね。それでは、卓也君。今、少しお時間いいかな。今日から新しく出るお薬の説明をします」

静江と稜也が気を利かせて退室しようとすると、ロミはそれを引き留めた。

「お母さんと稜也さんも一緒に聴いていてください」


こうして卓也の免疫抑制薬物療法には、ロミが薬剤師として関わった。そのかいもあってか、卓也は二週間の入院生活の後に無事退院した。

免疫抑制薬は、移植腎拒絶反応を予防するために、退院後も飲み続けなくてはならなかった。大学病院薬剤部の研修から成都調剤薬局に戻ったロミが、卓也の薬物療法を外来でもフォローした。卓也は退院後も良好な経過をたどり、やがて健常人とほぼ同じ生活を送れるようになった。

移植腎とのマッチングも非常に良好で、卓也の体調はみるみる回復した。

そしてその年の春、卓也は明陽高校を受験し、見事合格した。兄の影響を受けた卓也は、兄への宣言通り明陽高校サッカー部に入部し、サッカーを始めた。

この年三年生になった稜也は、明陽高校サッカー部のキャプテンを務めることになった。稜也にとって弟の卓也は、サッカー部新入生の後輩ということになる。

稜也のサッカーの腕前は、西東京地区内はもちろん全国的にも評判となっていた。Jリーグのチームのスカウトが、時折明陽高校サッカー部の練習を見に来るようになった。

こうしてＪリーガーを目指していた稜也を誇りに思いながら、卓也は夢であった兄の姿をピッチの上で追いかけた。

卓也が腎臓を移植されてから半年が経ったある日のことであった。

河西家の固定電話が鳴った。出たのは静江だった。

「はい、河西です」

「河西稜也君のお母さんですね」

中年の男性の声である。

「はい、そうですが……」

静江はその時、何か厭《いや》な予感を感じた。稜也はその日の朝、八王子《はちおうじ》の高校とのサッカー交流試合で明陽高校のマイクロバスで八王子に向かっていたはずだ。

この時同じサッカー部の部員だった卓也は、その日たまたま微熱があって、新型コロナウイルス感染の懸念もあったため、交流試合への同行を見合わせていた。卓也は後程受診して、新型コロナウイルスは陰性と判明したが、このことが兄弟の明暗を分けた。

「私は明陽高校の事務課長の佐々木《ささき》と申しますが……」

「はい。あの、稜也に何か……？」

佐々木は言《い》い淀《よど》んでいたが、やがて思い切ったように告げた。

「私は今、八王子市内の病院におります。四十分ほど前に、本校サッカー部の監督と部員二十名を乗せたマイクロバスが、八王子インター付近を走っていた時に正面から来たトラックと接触して横転し、乗っていた生徒の何人かが救急車で病院に搬送されました」

「えっ……」

静江は絶句する。電話口の佐々木の声は続いた。

「それで、その中に息子さんの稜也君もいて、今こちらの病院で手当てを受けています」

「……息子は、稜也のけがはどうなんですか」

「救命救急外来に入ったままで、詳しいことはまだ私にも……」

さらに佐々木は八王子市民病院という稜也の搬送先の病院名とその電話番号を告げると、

「至急来てください。私はずっとここにおります」

と言って電話を切った。


静江と卓也がタクシーを走らせて、稜也が搬送されたという八王子市民病院の玄関に駆けつけると、そこに明陽高校事務課の佐々木が待っていた。

小太りでふっくらした顔の三十台前半の佐々木は、静江と卓也の顔をまともに見ることができないくらいおろおろしている様子だ。その姿を見て、静江はかえって冷静さを取り戻した。

「救命を続けているとのことです」

額にハンカチを当てながら、前を歩く佐々木が二人を振り返りながら言った。

「うそだろ……」

卓也は心の中で叫ぶ。今朝卓也に向かって三本指を突き出し、

「今日はハットトリックやってくるぞ」

と言って笑った稜也の顔が目に浮かぶ。

救命救急外来の扉は閉まっていた。

扉の上には、処置中の赤いランプが点灯している。静江と卓也は、佐々木と並んで救急救命外来入り口わきの長イスに無言で座った。

やがて佐々木が淡々と話し出した。

「本校の生徒の内、けが人はこの病院と日野市の病院に分けて搬送されたそうです。私は学校に休日出勤していたのですが、警察から連絡を受け、取るものもとりあえずここに駆けつけたというわけです」

静江は黙ってうなずく。だがその目は救命救急外来の扉を凝視していた。

佐々木は続けた。

「事故の原因は、対向車のトラック運転手のわき見運転らしいのですが、本校のバスを運転していたサッカー部の監督も怪我で日野市の病院に運ばれまして、詳細は分かっていません」

そんなことは、今の静江の耳には入ってこなかった。静江は佐々木の話を聞き流しながら祈った。

「稜也、どうか大したけがではありませんように……」

卓也は顔を伏せてじっと床の一点を見つめている。

突然、「処置中」の赤いランプが消え、救命救急外来の両開きの扉が開いた。そこから白衣の医師が現れ、

「河西稜也さんのご家族の方ですか」
と訊いた。医師の声は、沼の底のように重く沈んでいた。

## 10

静江と卓也は、医師の後に続いて処置室に入った。

正面の簡易ベッドに、稜也があおむけに寝ていた。稜也の喉《のど》には人工呼吸器から導入された蛇腹状の管が伸び、鼻腔《びこう》にはチューブが挿入されていた。

シュー、シューという人工呼吸器の定期的な音が、室内に響き渡っている。

稜也の顔に表情はなかった。ただ目をつむって眠っているようであったが、気管切開部から送り込まれる空気の圧力によって、その身体は小さく律動していた。

「稜也……」

「兄ちゃん」

静江と卓也が駆け寄り、声をかけたが、反応はなかった。

頭には脳波を感知する電極、口元には酸素を導入するマスク、そして腕には点滴用の管が装着されていて物々しい。周囲では、血圧、脈拍数、酸素分圧を同時表示する心電図やそのモニターが、低い電子音を発していた。

卓也は稜也の手を握った。卓也が手術室に運ばれて行く時、稜也が強く握ってくれたその手を。

兄の手は温かかった。あの時と同じように……。

だがその手は無力で、こちらが強く握っても握り返してくることは無かった。

稜也は脳死状態だった。

脳死は人の死。卓也は以前、移植コーディネーターの坂井からそう教わった。

兄ちゃんが死んだ……

明るくて、弟思いで、サッカーがずば抜けてうまくて、キャプテンで、みんなから信頼されていた稜也が、死んだ……

人工呼吸器を外せば稜也は心停止し、その人工呼吸器を着けていても、一週間ほどで心停止する。

稜也の脳はすでに死に絶え、溶解が始まっている。その現実は卓也にも分かっていた。

だが兄の稜也に死が訪れたなどと、卓也には到底信じられなかった……。

横転したバスの座席から見つかった稜也のバッグの中には、臓器提供意思表示カードが入っていた。また稜也は、もし自分が死んだら腎臓をはじめいずれの臓器も移植用に提供したい、と普段静江や卓也にほのめかしていた。

だから、悲しみに暮れる静江と卓也の前に、移植コーディネーターの坂井と成都調剤薬局の薬剤師である薬師寺ロミが現れた時、卓也はこれから何が起こるかを察した。

ロミは、城央医科大学病院で研修中に、卓也をはじめとする臓器移植患者の薬物療法に携わった。その経験もあって、移植医療スタッフ、特に移植コーディネーターの仕事をもっとよく知りたいと思っていた。

そのため、坂井の仕事内容について坂井の下で研修中であった。だが、成都調剤薬局薬局長の神谷が終日の研修を許可しなかったため、神谷との間には有事の際にのみ研修に参加して良いとの約束がなされていた。

そしてまさに今が有事の時となった。

奇しくも、ロミもよく知る河西稜也が、バスの横転事故で脳死状態となったという知らせが坂井から入ったのだ。

それを聞き、驚きと悲しみに打ちひしがれたロミであったが、事態はすでに動き始めていた。

坂井はロミを連れ、稜也の搬送された八王子市民病院に駆けつけた。

非情なようだが、稜也は脳死となって亡くなった。その稜也の臓器を移植のために提供してもらおうと、遺族の同意を取り付けるのが坂井の仕事だった。

院内に個室をしつらえてもらうと、関係者一同はその部屋に集まった。

坂井の隣にはロミがいた。また、河西母子を左手にロミと坂井を右手に見る形で、八王子市民病院外科の廣田《ひろた》医師が席に着いていた。

河西静江と卓也を前に、移植コーディネーターの坂井が重い口を開いた。

「稜也さんは、先ほど脳死と診断されました。本当にお気の毒なことで、お二人の今のお気持ちは、察するに余りあります……」

外科の廣田がゆっくりとうなずいている。

坂井の言葉が途切れると、今度は廣田が補足した。

「稜也さんの脳死の判定は、当院の脳外科部長と同医長それに私の三人で行わせていただきました。稜也さんは現在、人工呼吸器を付けていますがやがて心停止に至るものと思われます」

すすり泣く静江は、何も言葉を発しなかった。

その母をじっと見つめていた卓也が、唐突に面を上げ、坂井とロミに向かって言った。

「臓器を……兄の腎臓を、病気で困っている透析患者さんに移植してください」

その場の誰もがなかなか言い出せないでいるその言葉を、いきなり卓也が発した。そのことにみな驚き、一同は一斉に卓也を見た。

卓也は震える声で言葉を継ぐ。

「兄は生前、オレとお母さんに、もし自分が死んだら献腎ドナーになって卓也のように治療に苦しむ透析患者を助けたい、と言っていました。それに、自分で署名した臓器提供意思表示カードをいつも持っていました。

だから……だからそれが兄の意思だと、オレは思います」

卓也は両目にあふれる涙を右の袖《そで》で拭ってから続けた。

「オレも移植を受けて、どこかの誰かに救われ、今ではサッカーもできるようになりました。兄が死んでも、兄の腎臓が誰かの身体の中で役に立って、生きていると思うと……きっと、ちょっとだけあったかい気持ちになれると思います……」

言い切ってから卓也は、嗚咽《おえつ》を上げて泣き崩れた。静江は卓也の意見に一つ、二つと大きくうなずくと、卓也を背中から抱きしめた。

母子が静かに泣き続ける声の他、室内からは何の音も聞こえなかった……。

そうしてどれくらいの時間が経ったことであろう。

ふと面を上げると、外科の廣田医師が河西母子を見つめながら口を開いた。

「私の方から一つ、稜也さんのご家族のお二人に言っておかなくてはならないことがあります」

寄り添ってうなだれていた河西母子は、唐突な廣田の申し出に我に返ると、ゆっくりと顔を上げた。

「稜也さんが搬送された後、その治療に必要だったためＣＴ検査をしました。

それで分かったことなのですが、稜也さんには腎臓が片方しかありませんでした。もう少し端的に言いますと、稜也さんの左腎は、手術によって摘出されていたために、無くなっていたのです」

## 11

廣田は、その事実を告げることの反響を予期していたに違いない。

だから自分の衝撃的な発言に対して、坂井もロミも、河西静江までもが、何の反応も示さずただ黙って下を向いていたことに、いささかの違和感を覚えた。

ただ一人、大きく目を見開きこちらを凝視している卓也に視線を向けると、廣田は話を継いだ。

「私が言いたかったことは大したことではないかもしれません。しかしやはり稜也さんに献腎ドナーとなっていただくためには、このことでぜひご遺族のご了解を得ておく必要があると熟慮してのことです」

　そこで廣田は初めて、遺族という言葉を使った。

　脳死を人の死と認めたくない遺族もいるため、その言葉を使うタイミングには慎重を期さざるを得ない。廣田の説明は続く。

「つまり、もし残った右腎を移植のために提供したら、稜也さんは両方の腎臓が無くなってしまいます。両腎がない状態では、死後三途の川を渡れなくなるかもしれない……。

　馬鹿なことを言う、とお思いになるかもしれませんが、もしやそういう懸念は河西さんにおありでは無いですか？　実は私の経験からいって、日本人の死生観からこのような肉親の死後の世界について心配を抱く人も少なからずいらっしゃるのです。

　これはまさに私の老婆心からの懸念ですが、いかがですか」

　卓也は相変わらず驚きを隠せない様子で、母を、そして坂井とロミを代わる代わる見ていた。

　そうしてしばらくの後、静江が廣田の気遣いに感謝しながら、落ち着いた口調で述べた。

「お話しいただいてありがとうございます。でもそのことについては、全く問題ありません。先生のおっしゃったことを十分承知のうえで、献腎ドナーとして稜也の右腎の提供を申し出たいと思います」

　静江からの毅然とした返答を聴き、そこでこの場での自分の役割を果たし終えたと悟った廣田は、

「分かりました。ご意思をしかと伺いました。ありがとうございます」

と応えて深く頭を下げた。

そうして廣田はゆっくりと席を立つと、自分の気配を消すように静かに部屋を出て行った。

残った四人の間でこれから始まる、彼自身は全く想像もつかない次なるドラマの成り行きを案じながら……


「ねえお母さん、どういうこと？　なんで兄ちゃんの腎臓は左側が無くて、右の腎臓しかないんだ。兄ちゃんは、腎臓の病気でもしたことがあるのか」

卓也が静江に向かって問い詰めたが、そのことについて静江は即答を避け、助け舟を懇願するような目を坂井とロミに向けた。

二人はその視線を受け止め、ほぼ同時に無言で首肯した。それを肯定の合図と捉えた静江は、横に座る卓也を見つめて語り始めた。

「そもそもは、稜也が言い出したことなのよ……。

検査の結果、私の腎臓が片方機能していないことが分かって、お母さんがあなたに腎臓を提供できないと知ると、稜也はこう言ったの。『死体腎を十五年も待てるわけないだろう。オレが卓也に腎臓を一つ差し出すだけじゃないか』と。でも卓也、あなたは兄ちゃんから腎臓をもらうことを頑《かたく》なに拒んでいたわ」

「それは前にも言った通りだよ。Jリーガーを目指している兄ちゃんの体調を損《そこ》なうかもしれない腎臓の手術を、兄ちゃんが受けるのは、オレ絶対反対だったから」

卓也が反発すると、静江はそれをなだめるように、

「お母さんだって、健康体の稜也の身体に傷をつけることには賛成できなかったよ。でもそれでお前の健康が元に戻るなら、兄ちゃんに腎臓を提供してもらうことを、お前が考えてくれればいいなと……」

今四人が集う部屋は、ムンテラ室といって、医療従事者側が患者やその家族に患者の病状や今後の治療方針などを伝える個室であった。時に明るい見通しを、時に死の病の告知を、患者やその家族たちはこの部屋で聴いてきた。

外界とは音も遮断されしんと静まり返ったそんなムンテラ室にあって、今四人の間には耐えがたいような重苦しい空気が満ちていた。

静江の述懐は、突然そこで止まった。

静江はハンカチを目に押し当て、じっと黙ったままだ。その心中を察した坂井が、おもむろに開口した。

「その先は私の方からお話ししましょう」

静江が小さくうなずくのを見て、坂井は話を継いだ。

「稜也さんは本当に弟さん思いの立派なお兄さんだったと思います。稜也さんが初めに私のところに相談に来たのは、そうして卓也君あなたが稜也さんからの腎提供を徹底的に拒んだ日の翌日でした。稜也さんの考えはこうでした」

坂井はそんな前置きをすると、一呼吸おいてからまた語り出した。

「……つまり、少し時をおいてから、コーディネーターの私が卓也君に電話を入れる。電話の内容は、『男子高校生の腎提供者が現れたから、これから卓也君の腎移植を行う予定だ』、というものです。

卓也君はその時、その男子高校生がまさか稜也さんのことだとは思わないはず。そうすれば卓也君は移植を受けてくれる。

だからそのことを卓也君には黙っていて、実際には稜也さんの片方の腎臓を卓也君に移植する。それが稜也さんの考えていたことでした。

稜也さんの達ての頼みでもあったので、私たち移植医療チームは、一応稜也さんと卓也君の組織適合性も調べました。結果は移植に適格なマッチングでした。また稜也さんの腎臓は二つとも健康体で、良好に機能していることが分かりました」

卓也は驚きを隠し切れず、相変わらずこわばった表情で坂井を凝視している。坂井は述懐を続けた。

「まさかそんなことできるはずない、というのが稜也さんの計画を聴いた時の私の第一印象でした。でもその時、移植外科病棟で研修した成都調剤薬局のロミさんをメールで呼び出し、意見を訊いたところ、『できるかもしれない。いえ、それが稜也さんの意思なら是非やってみましょうよ』と、この人は言うの」

坂井は、今度は隣に座るロミを見る。ロミは一つ咳払いをすると、改めて卓也に視線を向けた。

こうして述懐は、静江、坂井、そしてロミへとバトンタッチされて行く。

# 12

「……卓也君にとって一番いい選択は何か。そして稜也さんの気持ちを何とか無にしないようにできないか」

今度は、説明を継いだロミが淡々と話し始めた。

「それが、坂井さんから相談を持ちかけられた時に私が思ったことです。私たち医療人は、自分たちが行う治療や患者さんとそのご家族への情報提供が、倫理的に行われているかどうかを常に考えながら行動します。僭越《せんえつ》ながらその時の私は、稜也さんの計画が決してこの医療倫理に反するものではない、と判断させていただきました。

卓也君。それによって私たちは、事実上あなたを欺くことになる。でもそれがあなたやあなたのご家族にとって最良の方法に違いない。責任は私も含めた移植医療チームが担う。その時私はそう確信しました。

坂井さんと私と稜也君の三人は、まずお母さんの静江さんにこの計画を打ち明け、お母さんを説得しました。そうして静江さんも、卓也君の将来を考えると、とうとう稜也さんの熱意に折れた……」

ロミは静江の方をちらと見てから、また卓也に向き直る。

「そして最後に、この計画を城央医科大学附属病院移植外科の長谷川先生にご相談しました。長谷川先生も、『患者さんのことを第一に考えるなら、それが一番いい方法かもしれないね』と同意してくださって、それで移植チームでこのプロジェクトを立ち上げることになったのです」

「結局オレが、兄ちゃんにうまくはめられたわけか……」

　卓也が不満そうにつぶやいた。

「お前には黙っていて悪かったけれど、先生たちの話を聞いていて、それが一番いい方法だって、母さんも納得したのよ」

　卓也の術後経過が良かったのも、移植されたのが兄の腎臓だったからということがあるのだろう。卓也はふてくされたようにうつむく。そこで再び坂井が話を受け継いだ。

「プロジェクトというと仰々しいけれど、要は卓也君の移植医療と術後ケアに携わる病院のすべての医療スタッフの間で、一つのことを申し合わせただけよ。

　つまり卓也君に移植された腎臓が、稜也さんの左腎だったということを卓也君には伝えない、ということだけ。

　もともと献腎移植の場合は、ドナーがどこの誰であるかを決して明かさないわ。これはドナーのご家族側にも言えることで、もし移植を受けたレシピエントが誰なのかドナーのご家族に知れたら、レシピエントに移植された臓器を、亡くなったご親族そのものと勘違いして、そのレシピエントに対してストーカー行為を働く人も出かねない。またドナーとレシピエントの間で、臓器の金銭取引がなされる恐れもある。

　だから移植医療スタッフは、お互いが特定されるような情報をドナーとレシピエントには決して明かさないルールになっているの。卓也君に移植された腎臓はお兄さんの生体腎だったけれど、お兄さんの稜也さんの達ての意向で、それが誰の腎臓だったか卓也君には知られないようにしたのよ」

　卓也は肯くこともなくじっと顔を伏せていたが、何かに気付いたのかやおら顔を上げると、坂井に対して言った。

「だけど、ちょっと変じゃないか。だって、オレが移植手術のために手術室に入って行く時、兄ちゃんはオレの手を握ってオレを元気づけて見送ってくれたんだよ。

　それに、その後兄ちゃんは交流試合で関西に行っていて、オレの傍にはいなかったんだ。オレに腎臓をくれるタイミングなんてなかったんじゃ……」

　卓也のその疑問にはロミが応えた。

「卓也君が手術室に入ったのを見とどけてから、稜也さんは卓也君の隣の手術室に入り、卓也君に移植するための左腎の摘出術を受けたのよ。それとほぼ同時に卓也君の手術も始まった。

　隣の手術室で摘出された稜也さんの左腎は、移植腎灌流装置に入れられて、そのまま隣の卓也君の手術室に運ばれたの。そしてその左腎は、間もなく卓也君の右下腹部に移植されたというわけなの。

　腎摘出術を受けた稜也さんも三日間は治療と健康観察が必要だったから、稜也さんは麻酔から覚めた卓也君の前に、すぐに顔を出すことはできなかったのよ。だからその間、スマホのメールで自分が会いに行けない言い訳を、関西での交流試合のためと説明していたのね。

　でも生体腎ドナーの腎摘出はできるだけドナーに負担のかからないような術式を取るので、普通ドナーの回復は早くて、入院は三日程度で済むのよ……」

　そういえば、卓也の手術が終わって三日目になって、ようやく稜也が卓也のベッドサイドに姿を現した。あの時卓也は、稜也の交流試合の結果を兄に訊ねたが、稜也がそれにお茶を濁したのは、試合に負けたからではなくて、そもそも交流試合になんて行ってなかったからだ。

「ねえ薬師寺さん。兄ちゃんは、自分の腎臓をオレにくれたことを、一生黙っているつもりだったのかな」

　まだどこか釈然としない思いを引きずりながら卓也が訊くと、ロミはそこで初めて小さな微笑みを見せた。

「いいえ。稜也さんは私にこう言っていました。

『卓也は頑固だから、移植された腎臓がオレのものだって分かると、あいつ怒り出してオレとはもう口を利かなくなるかもしれません。だからしばらくはそのことを秘密にしておいてください』と。

『しばらく、ということはいつかそのことを卓也君に告げるつもりなんですね』と、私が訊ねると、稜也さんはこう答えたの。

『それは、オレが来年高校を卒業して、Jリーガーになった時です。それなら卓也は、きっと納得してくれる。腎臓がひとつでも、一流のサッカー選手になるのに全く問題はない』、とね。稜也さんはさらにこう言ってました。

『卓也は、オレが腎臓の摘出手術を受けて腎臓が一つになってしまうと、サッカー選手として今までのような活躍ができなくなってしまうのではないかと、真剣に案じていたらしい。でもそうじゃないんだとオレは証明したい。そしてそれを証明できた時に、オレの口からあいつに真実を打ち明けます』。

それが稜也さんの考えでした。

でもその言葉が、私にとっては稜也さんの最後の言葉となってしまいました……」

ロミの述懐が終わると、みなはまた黙った。

それは四人にとって、めいめいに荘厳な沈黙だった。

そうしてまた、長い長い時間が過ぎた。

やがて、もう一度涙を袖で拭った卓也が言った。

「分かったよ、兄ちゃん。兄ちゃんは、そうまでしてオレのことを心配してくれていたんだね。オレは兄ちゃんのこの腎臓と一緒にサッカーを頑張る。兄ちゃんの夢だったJリーガーになれるように！」

言って卓也は、おなかの中の兄をいとおしむように、移植腎の辺りを何度も何度もさすった。

処方 No. 6

# 憧れの先輩は
# 専門薬剤師

## 1

「今日の医薬トリビアは、『消化器と耳の関係』です」

薬学部五年の女子学生古村と山里を前に、ロミはにっこり笑った。

「消化器と耳……ですか？」

意外そうに声を合わせて訊く二人。

「そう」

両手を後ろ手に組んで二人の方にちょっと顔を突き出すと、もう一度顔をほころばせながら言う。

「この取り合わせ、なんか面白いでしょ」

「どういう関係があるのですか、消化器と耳って？」

小柄でくりくり目の古村が重ねて訊く。

「消化器と中耳はトンネルでつながっているって、知ってたかな？」

「中耳って、あの中耳炎の中耳ですか」

ロミは首を縦に下ろす。

「え、そうなんだ」

「知りませんでした」

二人のリアクションを、満足そうな顔をして受け流してから、解説に入る。

「気管支や咽頭《いんとう》などに上気道感染を起こした病原性細菌は、上咽頭から耳管咽頭口を介して中耳に達し、中耳炎という病気を起こします。

中耳は、耳管という一本のトンネルを介して、気管や食道とつながっています。だから、気道から耳へと感染の広がりがみられるのです。ちなみに、食道は消化器の一部ともいえる」

ああ、そうかと得心した顔をしながら、女子学生たちはうなずく。

二人は中耳炎という病気が、水泳をしたあと汚れた水に含まれるばい菌が、外耳道から鼓膜を通って中耳に入って起こす感染症だと思っていた。多くの中耳炎では、細菌は身体の外からでなく中から中耳に入るのだ。

「ちょっと話はずれるけど、食道と中耳が耳管という一本のトンネルで繋がっていることを覚えてもらうために、寄生虫の話をしたいと思います」

意外な展開に、学生たちは何か面白そうだと顔を見合わせる。ロミはまた微笑んだ。

「昭和三十年代、小学生児童のお尻《しり》の穴の周りや糞便《ふんべん》中から蟯虫《ぎょうちゅう》の卵が検出されることがありました」

蟯虫は人を含む多くの動物に寄生する寄生中で、数ミリから一センチメートルくらいの大きさの多細胞生物である。人では主に盲腸に寄生するが、肛門《こうもん》周囲や糞便中にも検出されるので、かつてはこの特徴を生かした蟯虫の集団検査が、小学校などでよく行われた。

寄生された人が重大な疾病を発症することは無いが、肛門周囲のかゆみなどで睡眠不足に陥《おちい》るなどの問題が生じることもある。だが令和の現代日本では、これが人々の肛門周辺や便から検出されるケースはほとんどない。

「そこでペッタンコとお尻の穴にシールのようなものをくっつけて、蟯虫やその卵を採取し、蟯虫検査を行ったのです。そして、検査の結果陽性と出た子には、駆虫薬を飲んでもらって蟯虫の駆除を行ったそうです。

この蟯虫検査、あなた方はもちろん、私も実際にどうやるのかは見たことないので、詳しくは知らないけどね。

このように昭和三十年代には、蟯虫がいる児は駆虫薬でそれを退治したけれど、さらにもっと前の戦後間もないころでは、検査や駆虫薬が行き届かず、サナダムシや回虫などの大型寄生虫まで体内で『飼っていた』児もいたようです。

これらの寄生虫は身体中を動き回り、時には口や鼻の穴や目の隙間から外に顔を出し、対面者を驚かせたということです」

古村がゾクリと身体を震わせた。それを横目になおも言及する。

「さて、ここで話が中耳とつながるのですが、通常消化管の中で活動している回虫のような大型寄生虫は、胃や食道から咽頭へと登ってわき道に逸れ、耳管咽頭口から耳管、中耳を通って、さらに外耳道より体外へと顔を出すわけです」

おっとり山里も、さすがに顔をゆがめる。

「この寄生虫の動きをイメージすれば、食道や上気道と中耳がつながっていることが強く印象付けられて、そのことを二度と忘れることがないでしょうね」

女子学生たちは、顔色を蒼《あお》くしながらもゆっくりと首を縦に振った。

その様子に満足しながら、ロミはいたずらっぽい笑みを浮かべるとさらに付け加えた。

「次は本当にトリビアよ。目黒区下目黒に『目黒寄生虫館』という、何やら興味をそそる怖そうな施設があるの知ってる？」

学生たちはかぶりを振る。

「ここは何とデートスポットになっていて、怖いもの見たさの男女のペアがしばしば訪れるそうです」

学生たちの顔色を見ながら話を継ぐ。

「私もネットで知ったのだけれど、目黒寄生虫館には約三百種類の様々な寄生虫の標本が並べられているとのこと。中でも圧巻は全長八・八メートルのサナダムシの標本で、これは同館の中でも一段と人気の高いスポットとなっているんだって！」

古村と山里は、再びおぞましそうな顔を見合わせて震える。

「それでね。この標本の前で、『キャッ、コワイ！』とか言って、ガールフレンドがボーイフレンドに、またはボーイフレンドがガールフレンドに抱きつくのが恒例イベントになっているとかいないとか……。

もしよかったら、お相手を誘って一度試してみてはどう？　でも間違って知らない人に抱きつかないように」

山里がクスリと笑った。

「薬師寺先生は、どなたかとご一緒に目黒寄生虫館に行かれたのですか」

一方の古村が突っ込みを入れるも、ロミはきっぱりと返した。

「行きたいけれど、残念ながら私にはそんな人いません」

消化管に関する話を今日の「医薬トリビア」のテーマに据えた背景には、ロミにとって特別の理由があった。それは、憧れの先輩であるがん専門薬剤師の久須美が、消化器内科の病棟薬剤師として活躍していたからだ。

この時期ロミが参加している「薬剤師交換プロジェクト」には、城央医科大学病院の消化器内科病棟での研修も含まれていた。ロミはそこで、久須美の指導の下に薬物治療研修をすることになっていたのだ。

久須美さんには、是非自分が頑張っているところを見てもらいたい。そのためには、消化器に関することは何でも勉強しておかなくてはならない。

だからロミは、いろいろな臓器が関わっている複雑な消化器系の疾病と薬物治療を隅《すみ》から隅まで勉強し直した。そしてそんなところから、今日の「医薬トリビア」のこぼれ話が飛び出てきていた。

## 2

薬局と最寄りの駅を結ぶ道の脇にある小さな公園の周りには、たくさんの赤い寒椿《かんつばき》の花が咲き誇っていた。コートやマフラーを着用して駅へと急ぐ人々の吐く息が白い。前日に降った雨が、路面上のところどころで凍《こお》り付《つ》いていた。

成都調剤薬局と城央医科大学病院薬剤部の薬剤師交換プロジェクトも、いよいよ最終クールに入っていた。

成都調剤薬局にて薬局実習のみならず卒論研究まで実施している古村と山里の指導を終えたロミは、今度は自分自身が二週間の予定で消化器内科病棟での研修に入った。

このプロジェクトの主な目的は、街の調剤薬局と病院薬剤部の薬剤師が互いの業務内容を知ると共に患者情報を共有し、もってより良い医療を患者に提供することである。

入院患者はその病院の薬剤部で処方薬を調剤してもらい、その薬剤で病気を治療する。だがその後退院すると、処方薬の調剤は街の調剤薬局などに移る。

そこで病院薬剤部と調剤薬局が患者情報を共有すれば、入院から自宅療養までを通したもれ無き患者情報の下で、有効かつ安全な薬物療法を施すことができる。

ロミは、ずっと前からこのプロジェクトに参加することが楽しみで仕方がなかった。

前回は移植外科病棟で免疫抑制薬物療法に携わることができ、さらに移植コーディネーターの業務内容を知るまたとない機会を得た。

そして今週から始まる消化器内科研修の病棟には、ロミの憧れの先輩である病棟薬剤師の久須美悠斗がいた。

久須美は、専門薬剤師の称号を持つ最先端の病棟薬剤師だ。是非そのスキルを直接学んでみたいし、いずれは自分も専門薬剤師の資格を持ちたい。それは、薬局薬剤師にとって容易なことではないが、ロミの一つの目標でもあった。

専門薬剤師の資格は、がん、感染制御、精神科、妊婦・授乳婦、薬物療法、腎臓病薬物療法などの分野でそれぞれ制定されており、薬剤師がこれらの領域における薬物療法の高度な知識や技能を持つことを証明する資格である。

専門薬剤師の資格認定には、様々な学会や団体が関わっている。

資格を得るためには臨床で相当数の症例の薬物療法を経験し、その内容をレポートや論文として提出して審査をパスし、かつ各団体が認定する最終試験に合格しなくてはならない。

久須美が持つ資格は、このうち日本医療薬学会という団体が認定する、がん専門薬剤師であった。

ロミがワクワクしながら、朝、言われた時刻に消化器内科病棟のナースセンターに行ってみると、消化器内科准教授の辻《つじ》医師と看護師たちが毎朝実施しているミーティングに久須美も参加していた。そこでは皆立ったまま、粛々《しゅくしゅく》とミーティングを行っていた。

久須美の脇に並び立ち、

「今日からよろしくお願いします」

と小さな声で挨拶すると、

「もうちょっと早く来い」

と、怖い顔で返された。

約束の時間に間に合ったのに、久須美はもうちょっと早く来いという。

「だったら、その早く来るべき時間を最初から言ってくれればいいのに」

と内心思ったが、そんなことを口にするわけにはいかない。

「すみません。明日から気をつけます」

と謝って、早速ミーティングの内容をメモすべく、白衣のポケットからメモ帳と鉛筆を出す。

ふと久須美を見ると、メモなど取ってない。

辻准教授の指示、看護師の質問、それに返答する辻の説明、全て久須美は頭の中で理解し、記憶しているようだ。そうして黙って聴いているだけかと思っていたら、突然久須美が発言した。

「三一二号室のUC（潰瘍《かいよう》性大腸炎）の武井《たけい》さんですが、このところ下痢と血便がなかなか治まらないようですから、そろそろレミケードの使用を考えた方がいいんじゃないでしょうか」

すると久須美のその発言に対し、辻が早速補足した。

「ああ、そうでした。ご指摘ありがとうございます。武井さんには、今日からレミケード入れる、ことが昨日の医局のカンファでも決まったので、そうしてください。久須美先生は、点滴速度を立案して看護師さんに指示出してもらえますか」

「了解です」

何気なく言って、久須美は打ち合わせの途中で勝手に席を外す。

どうやら久須美には、最後までミーティングに参加している時間はないようだ。久須美はナースセンターを出ると、回廊を消化器内科病棟の方へ足早に歩き出した。ロミも慌ててその後を追った。

久須美はロミの存在を忘れたわけではない。ただ臨床という最前線に足を踏み入れると、患者とその治療が第一だから、消化器内科の最前線を知らないロミなどに構っている時間がないだけなのだ。

久須美の指導が厳しいのは分かっていた。患者の前では笑顔を見せる久須美も、ロミと二人きりになるときりっとした表情に変わる。

「ＣＤ（クローン病）とＵＣ（潰瘍性大腸炎）の症状の違いを言ってみて」

「ＩＢＤ（炎症性腸疾患）とＩＢＳ（過敏性腸症候群）の病態の違いは？　またそれぞれの治療薬も幾つか言ってみて」

「大腸がんが転移しやすい臓器組織をいくつか挙げて」

「乳がんの四つのタイプとそれぞれの治療ガイドラインを説明して」

……。

病棟から院内薬剤部に戻ると、久須美はマンツーマンで矢継ぎ早に質問を浴びせてくる。満足に答えられないと、翌日までに調べて報告させる。

「薬学部五年生だったころの、病院薬剤部での実務実習を思い出すなぁ」

ロミは、心中呟いて頭を抱える。

入院がん患者に対する治療薬の中には、調剤薬局に置いていないものもある。それらの医薬品に対するロミの知識は浅く、答えがあやふやになることもしばしばだ。

ちゃんと答えられないと、

「そんなことも頭に入ってないのに、消化器内科病棟に来るんじゃない」

としかられる。

だがロミはくじけなかった。

指導者が憧れの先輩ということもあるが、久須美の指導内容は深い知識と現場の経験に基づいており、いちいち腑《ふ》に落ちるからだ。

久須美は毎日夜八時過ぎまで病棟やナースセンターに詰め、それで終わりにして家に帰るのかと思うとそうではない。その後は薬剤部に戻って、研究のためのデータ解析や症例レポートの作成、論文執筆などに当たるのだ。

ロミに対しては、午後七時になると帰っていいと突き放すように言う。だが負けず嫌いなロミは、その後も薬剤部までついて行って、割り当てられた狭いデスクで勉強する。

昼間の研修疲れと緊張から解き放たれた気のゆるみから、そのまま眠りこけることもあった。

突然肩をたたかれ、びっくりして飛び起きると、

「おい、帰るぞ。そんなところで寝てたら風邪をひく」

と、久須美に声を掛けられた。

3

そんなある日、ロミは薬局に戻って片づけなくてはならない仕事があって、久須美に断ってから夜七時には病院薬剤部を辞した。

いつもなら、午後八時か九時ごろまで薬剤部で頑張っているところだ。七時に帰ると久須美に突き放されるかなと少し心配したが、

「突然の仕事が入るのはお互い様」

と、久須美は意外にもすんなりとＯＫを出した。

成都調剤薬局に戻ってみると、薬局長室に明かりが点《つ》いていた。

いつもなら午後七時には帰る薬局長の神谷だが、今日はまたどうしたことか。薬局長室のドア

をノックしてみると、中から神谷の声がした。確かに神谷が残って、室内で何かやってる。

「失礼します」

またネットで株価でも調べているのかなと思いながら、静かにドアを押し開け、室内に入った。

神谷はこちらを見ずに、机の上に広げた参考書か何かを熱心に読んでいた。机の周りにはＰＣの他、医薬品の添付文書や教科書、参考書の類いが無造作に散らばっていた。

しばし入り口の前に佇む。するとようやく参考書から目を上げた神谷が、不機嫌そうな顔でこちらを見た。

「何だ今頃。忘れ物でも取りに来たのか」

「薬局長こそ、こんな時間まで残ってどうされたんですか」

反問すると、神谷は顔からずれ落ちそうになっていた普段しない老眼鏡を、右手で持って外した。

「見た通りさ、勉強だよ。新薬が出るとその情報を頭に入れておかなくちゃならん。作用メカニズム、副作用、相互作用、用法用量など、薬局長が知らなかったら恥かくからな。

何だ、またオレが株でもやってると思った、ってぇ顔してるな」

神谷は相変わらず機嫌悪そうに言った。夜まで残って勉強などと、慣れないことをしているから少々頭に血が上っているのかもしれない。

「そんなこと言ってません。それどころか感心しました」

思ったことをそのまま口にしたが、皮肉で言ったわけではない。

一方の神谷は、ちょっと気に障《さわ》ったのか一瞬ロミを睨んだ。が、やがてその顔から苦笑が漏れた。

「見損《みそこ》なうな、と言いたいところだが、実は明日新しい実習生に講義しなくちゃならんので、そのためのにわか勉強だよ」

神谷は、細かい字を読むためにかけていた老眼鏡を脇に置くと、

「まあそこへ掛けたらどうだ」

と、粗末《そまつ》なソファーを指し示した。

## 4

こうして薬局長と二人きりで話をするのも久しぶりだな、と心中思っていると、やおら神谷は、

「消化器内科病棟はどうだ」

と、気の乗らない口吻《こうふん》で近況を訊ねてきた。ロミは勧められたソファーに掛け、これまでの研修の様子を報告した。

神谷はロミの病院薬剤部研修に、初めから消極的だ。

自分の薬局が忙しいのに、こっちを放っておいて病院の薬剤部の方に行っちまうとは何事だ、と腹の中では思っているに違いない。

もちろん交換プロジェクトなので、城央医科大学病院薬剤部からも薬局の仕事を手伝いに薬剤

師が来てくれる。しかし神谷から見れば病院の薬剤師は自分の薬局員ではないので、なんやかやと、あまり多くの仕事を押し付けるわけにはいかず、とどのつまり使い勝手が悪い。

そんな神谷の心中を分かっているロミだが、それでも研修をしぶしぶ許可してくれた神谷には一応感謝している。

「朝八時から夜九時まで、奮闘してます。正直つらいですけど、とても勉強になります。現に、城央医大病院薬剤部とうちの薬局が連携すべき具体的な事項が、頭の中でいくつか表出されてきています。これは研修の成果だと思っています」

病院研修のことになると、すらすらと言葉が出た。

「研修から戻ったら、これらの項目をより詳細に検討して、患者さんのケアに生かしたいと思います」

感じたことなどを述べ最後にそう付け加えると、神谷はまた面倒なことを土産に持ち帰るんじゃあないだろうな、といった様子で眉をひそめた。そんな神谷の胸中を察しながら報告を継ぐ。

「私の研修指導をしてくださっているのは、薬局長もご存知と思いますが、城都薬科大学出身で消化器内科病棟薬剤師の久須美悠斗先生です。久須美先生はがん専門薬剤師の資格もお持ちです。

大学の後輩でもある私に対して、久須美先生は厳しくも徹底した指導をしてくださいます。知らないことが多くて大変ですが、今私は充実した研修に明け暮れる毎日です」

ロミのどこか夢見るような瞳の輝きを冷めた目で見ていた神谷は、そこで話題に出た久須美のことを訊ねた。

「久須美さんは、最近どんな感じなんだ」

「どんな、というと？」

訊ね返すと、神谷は、

「いや、別にどうということでもないんだが、元気にやっているかなとちょっと思ったものだから」

などとお茶を濁した。

「病棟薬剤師を精力的にこなされていますよ。身体を壊さないかと、少し心配ですけど」

何とはなしに返すと、神谷は聴いているのかいないのか視線を逸らし、黙って壁の方をぼんやり見詰めていた。

久須美が、ある意味ストイックに消化器内科病棟のがん患者の薬物療法とケアに固執して働く背景に、何か彼にとって忘れられない過去があったのではないかとロミは推理していた。

そのことで神谷は何かを知っている……。

前からそんな予感はしていた。この際ちょうどいい機会だから、その件についてもう少し突っ込んで訊いてみよう。

「薬局長。何を考えているんですか」

「え……？　べ、別に何も……」

どもるあたり、やはりどこか怪しい。

「久須美さんのことではないですか？　何かあったのですか、久須美さんと」

思い切って真っすぐ訊いてみる。これは効果があった。

神谷は平然を装っていたが、ＰＣ画面に意味もなく目をやったり、右手でマウスを動かしてみたりするさまは、明らかに動揺している。それに追い打ちをかけるように、ロミは神谷の顔をじっと黙って凝視し続けた。

少しの沈黙の後、とうとう神谷は、自分が何かを隠していることを認めたように嘆息すると、ゆっくりと顔を上げてロミの視線を受け止めた。

「別に隠しておくつもりはなかった。ただ、訊かれるまでは、わざわざオレの方から言い出すことでもないと思ってね」

そんな前置きをしてから、神谷は自分と久須美との間にあった過去に関する次のような話を、訥々と語り出した。

## 5

「かれこれ七年も前のことになるかな。オレはこの調剤薬局に来る前、とある病院の薬剤師だったんだ……」

神谷は、成都調剤薬局に就職する以前、八王子安寿《あんじゅ》病院という、ベッド数六百床ほどの総合病院の院内薬局に、薬剤師として勤務していた。

当時八王子安寿病院の薬剤部には、十人の薬剤師が働いていた。神谷は、その中でも下から三番目の年少で、もともと気が弱い性格だったこともあり、病院の医師が出す処方せんに疑義があっても処方医に対してそれを強く指摘できなかった。

しかし疑義照会は薬剤師の義務なので、問題が生じた時にはおっかなびっくり処方医に電話する。そしていつも遠回しに指摘をし、その結果変更が生じても、こっちが悪かったがごとく平身低頭していた。

そんな中、乳がんを患った中年の女性が入院してきた。女性は八王子安寿病院で乳がん摘出術を受けた後、再発防止のためにがん化学療法を受けた。

ところがこの時の主治医である阿久津《あくつ》はまだ新任で、がん化学療法による治療経験が浅く、参考書を見ながら処方せんを出す始末であった。

結果、化学療法薬（抗がん薬）の投与量と投与間隔に誤りのある処方せんが出され、これを受け取ったのが薬剤部の神谷であった。

神谷は処方せんの誤りを察知し、阿久津に院内電話で疑義照会を行った。

「阿久津先生でいらっしゃいますか。あ、私は当院薬剤部薬剤師の神谷と申します。あの、先ほど先生がお出しになった入院患者の処方せんのことで」

「何か問題でも？」

阿久津の態度がいつも横柄なことは、薬剤部内でも知れていた。ぶっきらぼうな返答に神谷は怯んだが、その時はまだ薬剤師としての使命感が多少なりとも腹に宿っていたので、神谷は疑義内容を説明した。

「あのう、テラルビシンの投与量がちょっと多いかと。それに投与間隔ですが、もう少し開けた方が……」

「それでいいんだよ。今病棟で忙しいんだから余計な電話しないでよ」

「でもガイドラインでは……」

「あんた、オレの処方にケチをつける気？」

「いや、あの……」

「手が離せないんだよ。もうかけてくるな」

ガチャンと音を立てて電話が切られ、神谷は茫然と受話器を見つめながらしばしその場に立ち尽くした。

ややあって神谷は、もう一度処方を見直してもらおうと、電話をかけ直そうとした。しかし医師に怒鳴られ臆病《おくびょう》になっていた神谷は、

「医師がいいと言ったんだから、それでいいじゃないか」

と自分で納得してしまい、処方せん通り薬剤を調剤した。

こうしてその乳がん患者は、誤った用法用量の処方せんに基づいて調製された薬剤で、治療がなされてしまったのだ。やがてテラルビシンの重篤な副作用である心筋障害が元で、患者は心不全により亡くなった。

この医療事故により、阿久津医師は後に患者の遺族から刑事告訴され、有罪の判決で現在服役中である。

しかしもう一つの問題として、この誤った処方をスルーして調剤した、病院薬剤師の神谷の責任があらわになった。

しかしその時の神谷の言い分では、処方に疑義ありとして一度は処方医師の阿久津に問い合わせたが、阿久津からの返答は変更の必要なしであった。

この時神谷は阿久津医師に、

「オレの処方にケチをつける気？」

と横柄な態度で怒鳴られ、もはや処方せんの変更はできないと判断した。

だがそれは神谷の言い逃れである。

神谷の指摘に対し、医師が処方の変更の必要なしとするなら、神谷はその正当な理由を医師から説明してもらい、それを納得したうえで調剤しなければならなかったのだ。

薬剤師のこの義務は、薬剤師法第二十四条に定められている。

神谷は阿久津の発行した処方せんに疑わしい点があるとして、確かに一度は阿久津に疑義照会をしている。

問題は、「その疑わしい点を確かめた後でなければ、これによって調剤してはならない」と続く第二十四条に違反していることだ。

一度は、これを確かめしかも正そうとした神谷であったが、逆に阿久津医師の怒りを買って誤った処方せんをそのまま調剤してしまったのだ。

この点で、亡くなった患者の遺族は、薬剤師の神谷も同罪に当たるのではないかとして告訴を考えた。

だがその時神谷は、自分が疑義処方せんをスルーしたのは、あくまで阿久津医師の脅しにも似た電話の応対に原因があるとして、自分に責任はないと主張した。

結局こうして神谷は、この事件の被疑者として告訴されることを辛くも逃れたのであった。

## 6

そこまで語ってから、神谷は急に押し黙った。訝《いぶか》しく思って先を促す。

「それで？　それから薬局長はどうしたんですか」

だが神谷は、どこかつらそうに下を向いたまま無言でいる。

そうして二人の間に沈黙が漂い始めた時、神谷はようやく重い口を開いた。

「この医療過誤で亡くなった乳がん患者は、久須美悠斗さんのお母さんだったんだ」

それは神谷の告白であった。

ロミは驚いて神谷を見る。神谷は続けた。

「久須美さんは当時、城央医科大学病院薬剤部の薬剤師になりたてだった。彼は、お母さんが亡くなった原因を徹底的に追及する姿勢だった。久須美さんはオレも有罪だと考えてオレの罪を追及したが、結局オレは告訴されなかった。

だがやはりオレは、八王子安寿病院にはもうそれ以上いられなかった。周りの目というものがあるからな。当時の薬剤部長も、暗にオレの転職を促した。

こうしてこの事件を機に、間もなくオレは八王子安寿病院を依願退職し、成都調剤薬局に転職したというわけだ」

神谷はそこで言葉を切って、口をへの字に結ぶと宙を睨んだ。

やがて彼は力なく言った。

「久須美さんは、今でもオレのことを恨んでいるだろうな」

久須美が神谷を責めた理由は、神谷が一度は阿久津医師の処方に疑義をもってそのことを医師に指摘しながら、医師に怒鳴られただけでびくついてあっさり引き下がってしまったことだ。そのことについて、久須美は今でも神谷に対し憤りの気持ちを持っているのだろう。

それと同時に久須美は、本来あるべき病棟薬剤師の理想的な姿を求め、自身の仕事に妥協を許さないのではないか。神谷の告白を聴いたロミは、そんなふうに考えた。

「薬局長は、もう病院薬剤部に戻るおつもりはないのですか」

何気なく訊ねると、神谷は不思議そうな顔をしてロミを見た。

「なぜ？　また病院に戻ってどうする？」

訊き返されて、ロミはどう返答しようか迷った。

病院薬剤師という地位に、ロミが憧れていることも事実だ。その背景に久須美の存在があることも大きい。

だが薬局の仕事が嫌いというわけではない。もともと接客は好きなので、調剤薬局の店舗で患者のためにせわしなく動き回るのも性に合っている。

すると、株のことしか頭にないと思っていた神谷から、意外な答えが返ってきた。

「薬剤師は、置かれたところで求められた仕事をすればいいと、オレは思う。今オレが置かれた場所は、成都調剤薬局だ。ここで精一杯、患者さんの健康と福祉向上のために働く。それが、今オレがやるべきことだ」

ちょっと驚いて、改めて神谷に向き直る。神谷はさらに語った。

「調剤薬局には、病院薬剤部にない役割がある。それは、調剤薬局を訪れる患者さんがみな外来患者だということに関係している。

入院患者に比べて、外来患者はある程度の健康を保持している。もちろんそれは治療がうまくいっているからに違いないのだが、そこでオレたち調剤薬局薬剤師が果たすべき役割は、歩いて来院できている患者さんの病気が悪くならないように観察し、そしてさらに良くなるようにサポートすることだ。

患者さんの話を良く聴いて、病態が悪化していないか、薬の副作用は出ていないかを注視し、そこで得た情報を患者本人や担当医に還元して、病状改善のためのより正しい方向へと向かわせること。それが薬局薬剤師の大きな役割だと、オレはそんなふうに思っている」

この人からそんな考えを聞いたのは初めてだ。

ロミは静かにうなずき、神谷の言葉をかみしめてみた。

薬局薬剤師には薬局薬剤師の役割がある。自分たちが使命感と誇りをもってそれを遂行することが、外来患者のためになる。

そんな神谷の思いが、彼の言葉から伝わってきた。

ふと腕時計を見る。

だいぶ時間が過ぎていた。

「お話聴かせていただいて、ありがとうございました」

ロミは座り心地の悪いソファーから立ち上がった。

「柄《がら》にもなく偉そうなことを言ってしまったな」

神谷は上目遣いにロミを見た。

「いいえ。大変勉強になりました」

丁寧に頭を下げると、ロミは薬局長室を出た。

# 7

翌日のロミの研修は、消化器がん患者が多く入院治療を受けている病棟にて行われた。

この病棟では、同じ病院の消化器外科で消化器がんの手術を受けた患者が、引き続き内科的治療を受けている。

軽症から重症の患者まで様々だが、いずれにしてもがん化学療法を含む薬物療法が中心的な治療になっているので、病棟薬剤師の役割は大きい。

食道がん、胃がん、大腸がん、肝臓がん、すい臓がんなど、各種がんの症例に対して、久須美は患者一人ひとりに彼らが服用している薬剤の注意点を分かりやすく説明する。また患者が疑問に思っていることなどを巧みに聞き取って、質問に答えて行く。

薬剤に関する深い知識と経験をバックにした、久須美の落ち着いたブレない説明を聴いた後、患者はみな安心して穏やかな表情に変わって行く。

久須美のあとについて病室に入って行っても、多くの患者はロミの顔を見てくれない。だが久須美が服薬説明したり悩み事を聴いたりしてやった後は、ロミの姿にも気付き彼女に声をかけてくれる余裕も生まれるようだった。

「木下《きのした》さん。つらいでしょうが、今週の三クール目を乗り越えれば、効果が見えてきます。頑張りましょう」

と、去り際に久須美に言われた七十代の胃がんの女性患者は、久須美の手を取って放さずに泣いていた。ロミも思わず目頭を熱くしながら、何気なく木下のベッドサイドにあるテーブル下の物入れに目をやると、そこに錠剤シートの端っこが顔を出しているのに気付いた。ジアゼパム錠だった。

薬局でもよく出る抗不安薬である。がん化学療法で治療を受けている胃がん患者にとって、やはり不安は深刻で寝不足に陥ることもあるのだろう。

患者と久須美とのやり取りを見ていると、ロミは時々不思議に思う。

「どちらかというと無愛想なこの病棟薬剤師が、どの患者からも深い信頼を得ている理由は何だろう」

だがそんなことを久須美に訊ねてみても、きっと何も教えてはくれないだろう。

「君が見たこと、聴いたこと、体験したことが、オレの答えだ」

久須美の背中はそう言っていた。

病棟から院内の薬剤部に戻った二人は、休憩室に入って今日の入院患者に関するディスカッションを始めた。

いつも成都調剤薬局の講義室兼会議室兼休憩室で行う小講義の時には、ロミが先生で女子学生が生徒だったが、ここではロミが生徒だ。先生側に立つ久須美は、早速課題を出す。

「がん化学療法においてＴＤＭの導入が進んでいない理由を述べてみろ」

「えっ……」

考えてもみなかった課題だ。

ＴＤＭとは治療的薬物モニタリング（therapeutic drug monitoring）の略語である。要は、薬の血中濃度を基にその患者の薬物治療がうまくいっているか、副作用が出ていないかをモニタリングする手法である。

血中濃度を測れば、その後の治療において薬を増量するか減量するかを、科学的根拠の下に判断することができる。そのため、現在五十種類近い医薬品のＴＤＭが、保険適用の対象となっている。つまり経費が保険で支払われるのだ。

「……がん化学療法に使われる抗がん剤は、血中濃度とその効果や副作用が相関しません。だから血中濃度を測っても無意味です……」

ロミは自分の知識を基に、答えを捻出《ねんしゅつ》した。

「それだけか」

「それだけ……？」

他にも何かあったっけ？　心中焦り出す。

数秒待っていたが、そんなことではだめだと言わんばかりに、久須美はそれ以外に五つの理由を間断なく述べた。

ロミはそれらを慌ててメモする。その様子を横目にしながら、久須美は付け加えた。

「今オレが言った理由の中には、薬剤師の努力や研究によって克服できる問題も含まれている。

それに着手しないのは、薬剤師の怠慢だ。オレは将来その問題を、学位研究のテーマとして解決したいと思っている」

はっとして久須美を見る。自分のことをあまり口にしない久須美が、そんな将来の目標を語るのは珍しい。

その後も久須美は、その日回った消化器がん病棟でロミが見聞きした患者について、病態や薬物治療に関する様々な質問を投げた。ロミとしては、その大方に満足すべき答えを返したつもりだったのだが、久須美からの誉《ほ》め言葉は一つも貰えなかった。

## 8

消化器がん患者病棟見学を終えたその日の夜、ロミは久須美から頼まれた同病棟のサテライト薬局における抗がん剤の在庫確認をするため、薬剤部から病棟へと上がって行った。

目指す病棟は、病院の五階にあった。

エレベーターを降りると左右に伸びる回廊を右へと進む。途中個室の病室が並ぶが、二十メートルほど行くと、ナースセンターとサテライト薬局がある。

久須美は、病棟薬剤師としていつもこのサテライト薬局を拠点とし、病棟業務を行っていた。朝八時ごろからサテライト薬局で仕事に就くが、夜七時ごろになると病棟業務を終えて、一階の薬剤部に戻る。その後は薬剤部で翌日の病棟業務の準備をしたり、研究を行ったり、はたまた論文を執筆したりと忙しい。

腕時計を見ると、午後九時を過ぎていた。

回廊は明かりが半分消されていてやや薄暗い。ナースセンターから漏れ出る明かりが、回廊の一部を照らしている。夜勤で働いている看護師たちの影が、回廊に漏れ出た明かりの中を右往左往している。

とその時突然、右手のドアの奥から、ドサッという何か重いものが床に落ちるような音がした。回廊がしんと静まり返っていたので、その音は思いのほか大きく聞こえた。

音のした方を見ると、病室のドアがわずかに開いている。中の患者さんに何かあった時には、看護師がすぐに入って行けるようにドアと床の間に木のくさびがはまっていた。

その病室に近寄り、ドアの隙間から中を覗いて見る。だが中は暗くて良く見えなかった。

ドアの横の壁に掛かっている名札プレートを見ると、「木下啓」とあった。

「木下さんだ」

呟くと、ロミはそっとドアを押し開いた。

「木下さん。どうかしましたか」

返事はない。

「木下さん。大丈夫ですか……」

さらに室内に進むと、個室のベッド脇の床に人が倒れているのが目に入った。

「木下さん！」

もう一度名前を呼びながら、壁のスイッチを探り当てて照明をつけた。

左腕に点滴チューブの針が刺さったまま、木下は仰向けにベッド横の床に倒れていた。

驚いて駆け寄り、身体に触れながら何度も患者の名を呼んだ。

だが木下は瞼を閉じたまま応えなかった。鼻の奥から、意外に大きないびきが聞こえてきた。

ロミは、すぐにナースセンターに連絡し、看護師と医師が駆けつけた。木下はベッドに戻され、治療を受けた。

だがその時の木下は、相変わらず眠りこけていて意識がなく、呼吸も弱々しかった。

薬物中毒が疑われたが、病院関係者たちは彼女に対してそのような効果を示す薬物を投与してはいないと主張した。

薬剤部で連絡を受けた久須美も病棟に駆けつけたが、木下の症状の原因が分からず、ともかくも点滴と血液検査が行われていた時、ロミははっとあることを思い出した。

あの時確かに、木下の所持品の中に隠すように入っていた錠剤シートの端っこが見えたのだ。木下は抗不安薬のジアゼパムを飲んでいたかもしれない。

そのことを久須美に告げると、久須美は驚いて木下の所持品を探した。すると確かにジアゼパム錠五ミリグラムがそこから出てきた。

これは後に回復した木下から聞いたことであるが、以前別の病院でもらった錠剤の残りがあったので、今回抗がん剤治療から来る不安と不眠を無くそうと、就寝前に二錠服用したようである。

しかしジアゼパム十ミリグラムは許容使用量の範囲内であり、木下が高齢であったことを差し引いても、意識を失ってベッドから落ち昏睡《こんすい》するような状態にまで至るとは考えにくい。

「木下さんは、抗がん剤のパクリタキセルで治療を行っていました。もしかしたら、ジアゼパムとの相互作用が起こってしまったのではないでしょうか」

久須美に考えを述べると、久須美は無言で首肯し、そのことを担当医に告げた。担当医は早速ジアゼパムの拮抗《きっこう》薬であるフルマゼニルを木下に静脈内投与した。

するとその後木下の呼吸は徐々に回復し、木下は一命をとりとめた。

パクリタキセルは肝臓の薬物代謝酵素で代謝され、その後尿中に入って体外に排出される。だがジアゼパムも同じ体内経路で代謝・排出されるため、二つの薬物が体内に同時に存在すると、肝臓の薬物代謝酵素は二つの仕事を同時にこなさなくてはいけなくなる。

結果薬物代謝が遅れ、双方の薬物の血中濃度が上昇して作用が増強されるのだ。

ジアゼパムの作用が増強されれば、睡眠作用が増強されると共に呼吸も強く抑制され、患者が昏睡状態となることもある。特に木下は高齢だから、このような薬物相互作用も生じやすい。

「なぜオレに話してくれなかったんだ」

休憩室で二人だけになると、久須美は叱責《しっせき》するように言った。

「木下さんがジアゼパムの錠剤を持っていたことに気付いていたら、パクリタキセルで治療中はその服用を控えるよう服薬指導できたのだ」

「申し訳ありません」

謝ってから、ロミは黙った。言い訳はしない。あの時はまさかこんな事態になるとは気が付かなかったのだ。薬剤師としての非は自分にある。

「だが、君の機転は認めよう」

久須美は落ち着いた口調に戻ると、ロミを見やってから言った。

「それに、責任はオレにある。木下さんがジアゼパムを飲んでいたことを知らなかったのだから。そこはあらかじめ、患者さんからしっかりと訊き出しておくべきだった。初歩的なミスだが、これは大きな反省材料だ……」

木下は、まさか抗不安薬が抗がん剤と相互作用して効果倍増されるなどとは、思ってもみなかったようだ。それで医師や薬剤師に対しては、特にそのことを告げなかったらしい。

だが医師や薬剤師が最後までそのことに気が付かなかったら、木下は亡くなっていたかもしれない。

木下がジアゼパムを服用していたことは、自己申告が無ければ気付きにくかったことは確かだ。だがそれを見過ごしてはいけないのが、プロフェッショナルな薬剤師だ。久須美の目がそう言っていた。

## 9

消化器内科病棟での研修最後の日、一緒に病棟を回った後、久須美はロミを連れて薬剤部内にある研究室に入った。大学病院の薬剤部なので、内部には狭いながら研究室も備わっている。

薬剤部の研究室内には、薬物血中濃度を免疫化学的に測定する機器や、分析化学的に測定するＨＰＬＣという機器、あるいは薬物の効きやすい人や副作用の出やすい人を遺伝子解析によって選別するためのゲノム自動分析装置などが並んでいる。

ロミも学部時代、卒論研究のためにそのうちのいくつかを扱ったことがあった。だが今では、機器の操作法すらすっかり忘れている。

それらの研究用分析機器は、今どれも作動していなかった。久須美は埃《ほこり》をかぶっている機器を見ながら言った。

「ここ城央医科大学病院の薬剤部には、五十人以上の薬剤師が配属され、それぞれの業務に当たっている。だがこの研究室はほとんど誰も使っていない。みんなそれぞれの業務に忙しいからね。研究をやろうなんて暇人はいないんだ。

でもそれは本来の薬剤部の姿ではない。研究が無ければ新しいものは生まれない。研究をしなければ、亡くなる患者は相変わらずこれまで通り亡くなるんだ」

久須美の論調は、次第に熱を帯びて行った。

「オレたち医療人は、目の前で亡くなる患者を、手の施しようがないからと黙って見ているわけにはいかない。効く薬がないからと、現状に甘んじて治療を止めるわけにはいかないんだ。

手の施しようがなくて亡くなる患者を目の前にしたら、医療人として悔しいだろう。悔しく思わなかったら医療人ではない。

だからそれを乗り越えるために、薬剤師は研究しなくてはならないんだ。医学研究を医者や大学や製薬会社に任せておけばいいなんて、言い逃れだ。分かるか？」

全く同感だった。だが研究の仕方が分からず、またその時間もない。それが多くの薬剤師の現状だ。

「少なくともここは大学病院の薬剤部なのだから、医学研究を推し進めて医療の向上を図るのがオレたちの責務でもある」

だがそこで久須美は残念そうに呟いた。

「ところが現状はというと、まともな研究者や研究指導者がいないんだ。薬剤部長は会議ばかり。薬剤部員は、さっきも言ったように多彩かつ多忙な薬剤部業務に昼夜追われ、なかなか研究まで手が出ない。

一方で、先日君にも言ったように、がん化学療法の領域には、まだまだ研究で解決しなくちゃいけない問題が山ほどある」

その時、久須美の心の中を少しだけ垣間見たような気がして、そこで彼に問うた。

「久須美さんは、薬剤師がもっと果敢にそこに踏み込んで、研究を含めた薬剤師しかできない解決法で答えを出し、臨床に寄与しなくてはならないと、こうおっしゃりたいのですね」

確認の意味もあって訊いてみたが、久須美はその問いには返答せず、立ったまま黙ってロミに向き直った。こちらも同じように背筋を伸ばし、久須美に視線を合わせる。

すると久須美は、いつもなら発せぬ穏やかな口調で言った。

「研修は今日で終わりだが、君も少しは病棟薬剤師のことが分かってきたようだな」

それはロミにとって、久須美からの初めての誉め言葉であった。

一瞬言葉に詰まる……

だが少し間をおいてから、ようやく気を取り直して返礼を述べた。

「二週間、本当にありがとうございました。正直申し上げますと厳しい二週間でしたが、私にとっては知識と経験を積める喜びの方がずっと大きい二週間でした」

久須美は無言でゆっくりとうなずいた。

そこでロミは思い切って、今まで自分ではタブーとしてきた、さらに深く久須美の心の領域に迫る問題を持ち出そうと考えた。この機会を逃したら、もうそのことを久須美に問う時は来ないだろう。

「久須美さんにお訊きしたかったことがあります。もう少しだけ、お時間ありますか」

久須美は首肯すると、近くにあったイスに腰を下ろし、ロミにも席に着くよううながした。

「神谷さんから、久須美さんのお母さんが亡くなった経緯を聴きました」

久須美は表情を変えなかった。

だがその目の動きは、小さな心の動揺を暗示していた。

「神谷さんは久須美さんのお母さんのことを、ずっと気にかけていたようです。神谷さんは、『久須美さんは、今でもオレのことを恨んでいるだろうな』と言って、哀《かな》しそうな顔をしていました」

久須美は、視線を逸らして何か考え事をしているようであった。が、やがて再びロミを睨むと、途切れ途切れに述懐を始めた。

「……その時は確かに神谷さんに怒りを覚えたものだ。だがオレの本当の憤りは他にあった。薬剤師ががん化学療法の投与設計に疑義を唱えて正そうとしていたのに、それを怒鳴りつけて一蹴した医師がいるということを、君はどう思う？　もちろんそんな医師はほんの一握りだろう。オレの職場のドクターは、皆こちらの意見に聴く耳を持ってくれる人ばかりだ。

だがそうではない阿久津医師のようなケースも確かに存在する。その根底に何があると君は思う？」

質問を投げかけられ、いい加減な返答はできないと緊張しながら考えた末に、やっとロミは答えた。

「医師の傲慢《ごうまん》さと、薬剤師への蔑視《べっし》……ではないでしょうか」

その返答を聴き、久須美は一つため息を吐してから言った。

「違う」

## 10

無言で久須美を見つめるロミ……。

その視線を受けながら、久須美は語った。

「問題は薬剤師側にある。

医師は患者の命と向き合っている。もちろん阿久津のような医者にあるまじき例外もいるが……。

では薬剤師はどうだ？　患者の命と向き合っていると、本当に言えるか？

もちろん調剤過誤は患者の命に係わることもあるから、薬剤師はミスが無いように細心の注意を払って調剤し、疑われる処方せんに疑義を唱える。だが電話の向こうの薬剤師がどんな思いで、どんな姿勢で疑義を唱えてきているのか、医師には見えない。

大概の医師は薬剤師を信頼しているから、間違いがあればそれを認めてくれるが、医師から見れば薬剤師は患者の命から距離がある所にいる。臨床の現場で孤軍奮闘している時、虫の居所が悪かったりしつこく疑義を唱えてくる薬剤師がいたりすれば、医師も人間だからつい怒鳴りたくなることもあるだろう」

久須美の指摘には思い当たることがあった。

薬局から医師に処方せんの疑義照会をする時には、細心の注意を払い相手を不快な気分にさせないよう気を遣うものだ。だがその背景には、お互い相手の顔が見えないという現状がある。新型コロナ感染症が流行り出してからは、さらにその傾向が強くなった。

薬剤師はもっと治療の現場を知り、実際にそこにいて医師と共に患者を助けるべきだ。そんな思いが、久須美から強く伝わってくる。

静かにうなずいて、先を促すように久須美を見やった時、ロミははっとした。

彼の瞳は燃えていた。

この人のこんな目を見たのは初めてだ……。

久須美は続けた。

「薬剤師は、患者に対してはもちろん医師や看護師などの医療従事者に対しても、その仕事ぶりを見せて納得してもらい、認めてもらわなくちゃいけない。縁の下の力持ちではなく、薬物療法を通じて患者のすぐそばに寄り添い、医師や看護師と共に直接治療に当たる。そんな姿を見せられる薬剤師が、病棟に必要なんだ。

そのためには、時に専門性を発揮することも求められる。がん病棟であればがん専門薬剤師、感染病棟であれば感染制御専門薬剤師というように」

専門性……。その言葉が耳に残る。

久須美はなおも言及した。

「最近の高度な薬物療法については、医師も看護師も分からないことがいろいろある。そこを先導するのが病棟の専門薬剤師なんだ。

医師は、患者の命を救うため病棟で薬剤師に助けてほしい。でもそこに薬剤師がいなければ薬剤師に頼ることはできず、自分たちで何とかするしかない。

いつもは姿が見えないのに、処方せんの内容にだけ電話でケチをつけてくる薬剤師なんて、てんで役に立たない。そんな思いを抱く医師がいたとしても、薬剤師は文句が言えない」

熱く語る久須美に圧倒され、ロミは何も言い返せないでいた。

久須美の母が医療過誤で亡くなったのも、医師が危険な処方を改めなかった過失もさることながら、薬物療法の担い手として医療の重要なパートナーであるはずの薬剤師の存在があまりに薄いためその職能が発揮されず、病院で必要なチーム医療体制が崩壊していたからだ、と久須美は言っているのだ。

そして彼の言う薬剤師とは、神谷個人ではなく世の全ての薬剤師を意味する。彼のひた向きな病棟活動の背景には、そんな彼の熱い思いがあった……

久須美の心からの叫びを聴いているうちに、ロミはそのことにようやく気付く。

興奮冷めて疲れたのか、久須美もしばし黙った。そうして二人は沈黙し合っていたが、やがて久須美がポツリと言った。

「君はどんな薬剤師になりたいか」

唐突な問いであった。

今の薬局の入局試験を受けた時にも、確かそんなことを訊かれたっけ。その時何を答えたかは、もうはっきりとは覚えていないが、今は状況が全く違う。

ロミはためらわずに答えた。

「先輩のような専門薬剤師が私の大きな目標です」

久須美は表情を変えずにロミを見ている。ロミは続けた。

「……でもすぐには無理だから、もっと近未来で実現可能な目標を持ちたいと思います」

「目標は大きい方がいい。最初から小さくしたら、大きな目標には絶対届かない」

久須美が戒める。

ロミは素直にうなずいた。

「……はい。では、言い直します。私の目標は、専門性を持った薬剤師、中でも臓器移植医療に長《た》けた薬剤師になることです」

今度は、さっきよりももっとはっきり答えた。

その胸中には、引きこもりがちだった息子の骨髄移植をめぐって崩壊した家族が再生して行く姿を見た高草木家や、亡くなった兄の腎臓と共にJリーガーを目指す河西卓也の姿があった。

「いいだろう。薬物療法は移植医療の要《かなめ》だ。調剤薬局薬剤師でも、その職能は十分に発揮できる。その気持ちを忘れるな」

久須美は右手を差し出した。

ロミも、初めはためらい気味に、次に力強く、右手を突き出し、そして二人は固い握手を交わした。

※本書は書き下ろしです。

この物語はフィクションです。
実在するいかなる個人、団体、場所等と一切関係ありません。

平野俊彦（ひらの・としひこ）

一九五六年栃木県出身。
東京薬科大学卒業後薬剤師となり、薬学博士号を取得。
東京薬科大学薬学部臨床薬理学教室教授を経て、
現在は東京薬科大学名誉教授。
古今東西のミステリーを愛読し、
二〇一六年より著作活動をはじめ、
二〇二〇年、「報復の密室」で島田荘司選
第13回ばらのまち福山ミステリー文学新人賞を受賞。

# 薬師寺《やくしじ》ロミの推理処方《すいりしょほう》せん

二〇二四年一月十六日　第一刷発行

著者　平野《ひらの》俊彦《としひこ》

発行者　森田浩章

発行所　株式会社　講談社

東京都文京区音羽二-十二-二十一

郵便番号　一一二-八〇〇一

電話　編集　〇三-五三九五-三五〇六

販売　〇三-五三九五-五八一七

業務　〇三-五三九五-三六一五

本文データ制作　講談社デジタル製作

印刷所　株式会社KPSプロダクツ

製本所　株式会社国宝社



N.D.C.913 263p 19cm　ISBN 978-4-06-534285-5

KODANSHA